寫出全文才有用！

王淑芬的讀寫課

王淑芬——著

作者序

讀與寫，是最佳利器與最大自由

王淑芬

專家級讀者

曾經有個男孩寫著：「我將來長大要當心理醫師，一面寫詩。」那一刻，面對這位十一歲男孩，做為讀者的我，毋須他滔滔侃侃、長篇大論，便讀到他的「過去、現在、未來」。他必受父母呵愛，家中必有書香與藝術氣氛，也必有人與他辯過感性與理性誰比較重要；而人性的疑惑與追究，是他渴望未來能有機會深論的。這一切一切，才會讓他寫出這兩句話。

我為什麼能從兩句話，讀到這麼多？因為我是專家級讀者。專家級讀者，能從簡單的論述，自行闡明許多作者雖未明說、但可根據所寫的文句，做為證據，因而歸納與推論出「未寫、但也說了」的意義。比如男孩想當心理醫師，意味著他必須對人性有興趣，而十一歲男孩居然會對奧祕的人性有興趣，表示有人與他討論過，或是他讀過相關的書。心理醫師，是需要冷靜理性的；可是他又想寫詩，而詩人是極其浪漫感性的。也就是，我從這兩句重要的名詞「心理醫師與詩」，而得到這些推論。還有，他寫的不是「我想當醫師還有寫詩」。不同的修辭，會帶來不同的文學感受，這又證明他以更美好的語法，勾勒出未來的理想人生。

可是，為什麼我會這樣推論？我確定這樣的推論是對的嗎？這當然需要不斷的練習、一次又一次的閱讀理解，並讀更多其他的說法，來加以印證。閱讀能力，是長年累積，讀後想個不停、讀後必須讀得更多的。

男孩，為何可以精確寫出兩句話，讓讀者讀到他是個怎樣的人？（或許，男孩是無意中寫出，但一般同齡孩子，比較少見對「將來」有這樣的期許。）

可以寫得精確、簡潔，是因為知道「這樣寫，別人會讀到什麼」；意思是，有足夠的「專家級讀者」本領，才會寫得精準。

讀與寫，向來不可分。

只可惜，能讀，未必能寫。不能寫，就無法精準的對世界表達自己的想法；寫作力，並非為了將來要當作家。寫作力是表達力，是與世界產生連結的神經元突觸。懂得再多，卻說不出、寫不出，有何用？突觸必須接在一起，訊息才會流到另一個神經元，產生連結，發揮效用。

那麼，可不可以一次次的練習，從讀當中培養能力，然後，轉換為自己的寫作力，之後，每次皆能精確簡潔的寫？這就是我寫這本書的目的。

這本書，我拒寫了三十年

三十多年前我開始教書時，常代表學校參加演講比賽、作文比賽，也必須指導學生。漸漸的，我被描述為「好像很會寫」。於是，開始有家長希望我課外另闢作文才藝班，出版社也邀我創作「如何寫」的教學工具書。但我婉拒了。

理由很簡單，我才在文學路上走一小段，怎麼可能有資格對「寫作」這件事，說東道西，對他人吆喝「來來來，跟我這樣寫就對了」？

所以，三十多年之後，在我讀了夠多的書、培養出自認為是專家級讀者的能力之後，我總算比較有信心對「怎麼寫」有些觀念與技術上的領悟。將多年來對於「如何從閱讀轉換到寫作」的技巧操練，整理成書，與大家分享，此刻，應該是最佳時刻。

一有這個念頭，我便構思著該怎麼寫？我讀過太多寫作指導書，大部分是先列出技術名稱，再收集許多文句或片段當例子，讓讀者知道這就是某某技巧。這樣做，可讓讀者對基本技巧有概念，但有不足處。因為就算讀完這些「碎片式」的單一技巧，可能還是寫不出一篇完整的文章啊。

而且，這類的工具書已經太多，真的不缺我再多寫一本「寫作小百科」。所以，我另闢蹊徑（寫作的第一招：與眾不同、獨創新意），開始擬定目標：希望讀者讀完我這一本，至少能寫出二十二篇完整的短文，而每篇短文，至少都運用了一種技巧。

書中列舉二十二則寫作的重要觀念或技巧，前兩課屬於前置準備，請先從這兩篇讀起，至於其餘二十篇，可以隨興讀，沒有先後順序。想當然爾，示範的每一篇可能不止應用一種技巧，但每篇我只挑一個重點來講解，方便讀者一次聚焦在一項技巧上，因專注而更深化此項能力。

等到對這些概念或技巧有所領悟之後，讀者便能運用。當然，真正回歸到平日的寫作，不可能每篇只用一種技巧，而是融合多種。

我不會猖狂的自認為是寫作聖師，也不妄想一本書就教會全部的寫作祕方。何況，不同類型，例如散文與小說，技巧便各自不同，沒辦法在書中收集完整。所以，我只是誠懇的把多年心得，整理成書，這些內容具通用性，以適用於多數文體為主。初衷很單純：先讀、知道這篇文章的創作重點、然後寫寫看。我以為愈單純的操作練習，愈能一學便上手。

書中所列的短文，都是我的創作。一次聚焦於一項技巧，詳加解說，讓讀者可以依樣仿作。創作當然可以始於仿作，仿作是「啊，原來是這個意思，這樣寫就能營造出這種效果」的捷徑。之後，只要能善用這些技巧，想精確又有魅力的原創比較容易；正如工具箱裡已有百寶，挑選適合的取出使用便成。

寫作技巧實在太多，除了虛擬文學，別忘了「非虛擬作品」的讀寫力也很重要（國際重要的閱讀能力指標ＰＩＳＡ，便常測試少年「非虛擬作品」的閱讀能力，例如閱讀統計表，然後回答問題）。但那又是另一個領域了，無法在一本小書完整講述。不過，我會在附錄中，提供幾則「非虛擬作品」的書寫練習。

寫作的三大鐵律

英國小說家毛姆曾說過一句耐人尋味的話：「寫作有三道鐵律，可惜沒人知道是哪三道？」雖然聽起來沒有針對「如何寫作」給答案，但也說明創作是一件帶點兒神祕、難以清楚描述的「心靈運作」。

但是，他也說過一句有趣的話，正可用來為「讀與寫」下最終註解：「上帝的磨坊裡，石磨轉得很慢，但磨得很細。」

祝福大家在本書二十二次的磨盤轉動中，對讀寫的理解愈來愈細緻通透。

CONTENTS

002 作者序 讀與寫，是最佳利器與最大自由
012 第1課 自信：〈個性這件事〉
022 第2課 讀者：〈我的古怪想法〉
034 第3課 風格：〈最偉大的發明〉
044 第4課 意圖：〈人生最好的態度是誠實〉
054 第5課 觀點：〈被禁止的名字〉
066 第6課 美感：〈愛是自由〉
078 第7課 輻射：〈逛〉
088 第8課 層次：〈你作弊耶〉
100 第9課 設問：〈最好的動詞〉
108 第10課 比擬：〈抱怨〉
118 第11課 象徵：〈我買的不只是郵票〉
130 第12課 預期：〈從1數到10〉
140 第13課 框架：〈生活是一本帳〉

150 第14課 懸疑：〈事情就是這樣〉
164 第15課 意外：〈牛頓怎麼了〉
176 第16課 轉折：〈黑猩猩的一個春天〉
186 第17課 對照：〈回家〉
196 第18課 寓意：〈凌晨四點〉
206 第19課 誇張：〈獅大王〉
218 第20課 選擇：〈十歲國〉
230 第21課 留白：〈這是一道奇怪的規定〉
244 第22課 創新：〈三篇故事〉

257 **附錄一** 讀寫小練習
269 **附錄二** 非虛擬作品的寫作練習
283 **附錄三** 讀寫概念的相關資料補充

Lesson 1

自信

〈個性這件事〉

這一課示範的重點是

「先確認自己可以寫什麼，

才能自信的寫。」

〈個性這件事〉

義大利作曲家羅西尼，熱愛美食，據他自己坦承，有次野餐時，因為肉捲不慎掉入湖中，竟然放聲大哭。貪吃導致身材肥胖的他，某晚臨睡前，在舒適大床上，想著寫著，譜出自己十分滿意的曲子。當他拿著那張樂譜，準備再做最後修訂時，一不小心，紙張飄呀飄的，掉下床去。

可怕的考驗來了，正值嚴冬，離開溫暖柔軟的枕褥，是多麼不捨、甚至可恨啊。可是，不下床，又怎能修改？靈感女神贈與的旋律，明天起床還記得才怪。身材豐碩、痛恨任何肢體「劇烈」運動的羅西尼，面臨下不下床的兩難抉擇。最後，羅西尼聳聳肩，決定自枕邊取白紙一張，重寫。

乍看此則妙聞，第一感想當然是：「羅西尼記憶力太強大了。」反而忘記他的四體不動，懶到極點！這種個性，該被讚美還是搖頭？

如果是我，一定飛快跳下床撿拾，就算床下是冰磚也一樣；我絕對不會做出羅西尼的選擇，賴著不動。性子急的我，想做什麼一定立刻行動。想吃麵包，馬上去揉麵團；背有點酸，馬上起身做伸展運動。一有寫作點子，打開電腦開始輸入；答應報社的邀稿，當晚便寫好。

詩人楊喚先生曾寫過：「我是忙碌的，我是忙碌的……」沒錯，我是忙碌的，天生的。我其實有點擔心這樣的個性，好像永遠處於動態進行式。雖然行動力強，似乎做事很有效率；但有時，也可能犯的錯，就是錯在那「多此一動」啊。

嘴巴一動，原可以免的醜話就飛出口了；心念一動，原可以免的憤怒就火燒燎原了。為什麼我總要動個不停？尤其是心思，我簡直是精神上的過動兒。個性會決定命運嗎？有時想想，生命中有些遺憾，可能就是我過於急躁引發的。為何我就不能慢一點？像羅西尼一樣，賴在床上，不急著下床。

然而，我又怎能知道當我是另一種性格時，能欣然接納那樣的個性呢？

天啊！我又在這個想法上吹毛求疵、想太多、想到心急了。

或許，我是一片落葉，落地之前，只要有一絲風動，便在風中飄旋。羅西尼註定會因懶而發胖，而胖使他更懶慢，不想下床。每個人最終都會因為我就是我，與生俱來的個性，因而活出獨特的人生。好或不好，幸或不幸，都得自己承受。個性這件事，只能對著鏡子與自己討論，但可能不會有結論。

2 讀與想

★請從本文中的描述，針對羅西尼的性格，寫一小段簡介。

★從「講羅西尼的故事」如何連結到「講自己」？本文是以什麼來串接，讓原本不相干的兩人，建立起關係？

★本文中哪些句子，讓你知道作者的個性為何？

★作者最後對自己的個性是接受或否定，還是其他？你從哪一點知道的？

3 這篇短文，示範了什麼？

★寫作第一課，是先確認自己可以寫什麼，或說自知之明，但真正的用意是：自信的寫。不懂裝懂是件可笑的事，因為，沒有人是萬事通，有些事不懂本就正常。真懂了，才有自信，有自信，才能精確表達。如果勉強去寫自己根本不熟悉的事，一定語意模糊，語焉不詳，讓讀者滿頭霧水。

★所以，面對任何題目，先確認自己的「表達尺度」。龐大的題目，自己若無法掌握，沒資料可寫出天寬地闊，不如，就寫腳下你熟悉的小草。大題目可以從小地方來寫，以小喻大；千萬不要因不懂而寫得漏洞百出。

★為什麼本書強調讀、寫一家？因為讀得多與深，自然積存夠多的資料，也養出寫作能量，便有自信可輕鬆下筆。

★本文主題為「個性」，就是示範培養自信的最佳練習。把「自己」這個熟悉的第一手資料，以富魅力的方式，寫成可信度高的好文。

★文學作品裡關於寫「人」，最吸引讀者的，絕對不是寫身材或家庭背景、職業等，最有意思的多為「他的個性」有何妙處。

★本文雖是寫自己，但先從一位音樂家的趣聞寫起，再連結到自己的個性，才不致於讓人覺得只盯著作者的肚臍眼看，狹隘無聊。

★不能只寫出這件事如何，還必須針對這件事加以思考。比如本文並沒有寫一大堆自己做了哪些急躁之事，而是花更多篇幅，針對「個性急」這件事，帶來的優點與缺點來寫，並探討自己究竟接不接受這種個性。

★為什麼我們會對別人的個性有興趣，因為可以反思自己。所以，雖然是寫自己，但結尾最好寬廣些。比如本文最後總結出「與生俱來的個性，因而能活出獨特人生」，這個結論具有普世性，人人皆可用，可讓讀者有參與感，覺得「讀別人，也在讀自己」。

4 請你也寫寫看

• 想想如果要寫關於你自己，找哪一點來寫，你會最有把握？要能寫得既詳細又深入，且這一點別人也會有興趣。

・可先從別人寫起，當做開場，找與你完全相同或相反的事例來寫。比如本文的羅西尼與作者自己，個性截然不同。

・必須舉實例來證明，比如本文中對於「個性急」，舉出了四個例子。

【參考題目】：〈我是個心軟的人〉、〈我喜歡……〉、〈大家都說我很……〉、〈我想我是個好人〉。

★把可以寫的材料先列出來。

★將這些材料分類，決定哪些要詳細寫，哪些同性質的可以概略的、總合在一段一起寫。

★找開頭可引用的資料，不論是名人，或家人、同學、老師皆可。

★定順序，先寫別人當開場，再寫自己，要針對這件事深入思考，如：有何優缺點；最後的結論可以是心得，或新的決定。

practice

Lesson 2

讀者

〈我的古怪想法〉

這一課示範的重點是

「不管寫什麼，

心中都要有讀者。」

〈我的古怪想法〉

身為作家，有時遇到的困境，根本無法以正常方式解決；因為如果正常，就表示普通，如果普通，就代表平庸，這樣寫出來的作品了無新意，誰想看啊？於是，作家如何解決寫作困境，人人各有祕方。

我的祕方是什麼？讓我想想。

記得有一次，因為某篇文章字數不足，但我左朗右讀，東看西瞧，一念再念，實在不想濫竽充數，勉強再加上任何字。因為，勉強加入的字，必將破壞原有的節奏與氛圍。某些時候，我患有一點點寫作潔癖，不論多小的更動，我都不肯修改，覺得辜負寫作應有的嚴謹考量。可是，字數真的不夠，怎麼辦？

於是，身為作家的古怪想法如泡泡般，咕嚕咕嚕冒上來了。我想著不如將原有的文稿，列為第一章，然後接著加入第二章。不過這第二章，不但不能再多寫些什麼，根本不能寫任何東西──我再次強調，以免破壞原有的節奏與氛圍。但這第二章的字數又恰恰能補足該有的份量。所以最後，我寫下的是：「第二章，無內文。」正好不多不少，連同標點符號，把缺少的八個字給補齊了。

當然，故事最後，其實我並沒有加上「無內文」的第二章，我猜編輯絕對無法容忍我的古怪與任性。更別提讀者讀了之後，該是滿頭霧水。但我又不能再多寫什麼來解釋這一切，因為字數將超過，而且破壞原有節奏。

想當然爾，我終於還是把我的古怪想法，狠狠一腳踢出。再坐下來，耐心的檢視原文，想辦法在夾縫中擠進四個字、四個標點，總算解決了。

古怪想法像是住在我腦袋裡的房客，準備與我長相廝守。每天每夜，無時無刻，只要我聽、看、聞、嗅、觸到令我一震的人、物、事，它便微笑開門，出來與我打招呼。我記得有一回，它又煞有介事的敲敲我的頭，指導我：「這個點子不錯，可以寫篇一半兒故事。」

什麼點子呢？美國作家史達柯頓寫下〈美女還是老虎〉，它的「沒有結局」，讓讀者朝思暮想，風靡一時。之後，不斷有作家仿傚，只寫故事前半段，結尾或後半段留白，好讓讀者繼續思索。我的古怪想法就是：「既然有人寫出缺了後半段的情節，我何不反其道，寫出缺了前半段的故事？」

意思是，我這篇故事，將只有後半段，包含結尾，前半段空缺。讀者必須自己創造，想出故事的開始與前半段，才能讓此篇故事完整。不過，這回，我的古怪想法一閃而過，只出現五秒便消失。因為，我依據薄弱的邏輯概念，想到，不論我寫的是什麼，讀者開始讀的那一段，都叫前半段啊。

我的古怪想法只好嘟著嘴，關上房門休息去。

現在，你知道如果潛入作家的腦袋，會看到什麼了吧？

2 讀與想

★根據這篇文章的說法，作家的腦袋裡，會被看到什麼？

★這篇文章的主旨是「作者解決寫作困境的祕方」，還是其他？

★作者以兩件實例來說明自己的想法古怪，第一例是補足字數，第二例是只寫後半段。請說說此二例的古怪處為何？

★你認為這篇作品，是「身為作家」的作者，寫給誰看的？設定的閱讀對象是哪些人？身為讀者的你，讀得懂嗎？

3 這篇短文，示範了什麼？

★不管面對什麼題目，請將它當做是在寫信、寫說明書、寫導覽手冊。意思是心中要有「我這篇文章是寫給誰看、他看得懂嗎？」的前置準備。

- 因為知道對象，才能確定使用哪些文字與文法（若給幼兒，文字不可太深奧、語法不能太複雜等）。
- 例如，寫「論說文」時，考慮目標讀者的知識程度。寫「說明文」時，考慮目標讀者的背景知識。寫「敘述文」時，考慮目標讀者的時間軸概念（清楚的故事線）與文學感知能力（邏輯推論能力）。

• 美國家喻戶曉的作家蘇斯博士，當年在寫《The Cat in the Hat》時，因為知道是給幼兒閱讀，還刻意從當局發布「六歲兒童能讀」的三百多個單字中，挑了二百二十三個字來寫呢。

★ 可不可以設定對象是九歲到九十九歲、也就是老少咸宜呢？

• 當然可以。應該說多數人寫作，通常會假設普通讀者皆可讀。不過，幼童還是比較特別，因為畢竟學到的字詞不多，太複雜的修辭也看不懂，更別提時空交錯、虛實穿插等特殊技巧。

• 所以，寫作之初要考慮的層面包含：目標讀者的年齡、性別、職業、文化背景（不同國家的風俗）等。比如，若寫的主題是「鑽轎腳」（媽祖繞境時，信徒鑽轎腳），便須考慮一般讀者懂嗎，如果多數讀者可能不懂，便須在文中加以說明。

★ 有些作家主張寫作是私密行為，不須考慮讀者，應該為自己而寫、為藝術而寫，否則只是討好讀者。你可以就這一點想想，同不同意？我是不同意的，如果是不對外發表的文章，比如個人日記，當然不必心中有讀者。若要發表，心態便要調整，而且，誰說心中有讀者就是討好讀者？寫成什麼高度，一切端賴自己的文學功力。

★本篇文章，設定對象至少是小學四年級以上。從兩點得知：

- 寫的題材是作家「修改故事、發想故事」的經歷。十歲以上的讀者，正開始練習比較長篇的寫作，因此有相似經驗，讀起來才懂。
- 文中使用的語句與修辭，也需要十歲以上才能自己讀懂讀通。寫作前考慮什麼題材，適合什麼讀者，是需要且重要的。

4 請你也寫寫看

- 依你目前的年齡，想一則與你同齡以上的讀者，會有興趣的題材來寫。
- 有些題材具普遍性，適合任何年齡層閱讀，只需注意使用的語詞，與適合的寫作技巧。比如〈我常在想〉、〈如果我是〉、〈最想去的地方〉等，這類題目不管幾歲，都可用來練習寫。

但要注意：雖然主要是寫給同齡者讀得懂，但最好也能自我提升：「就算大人也會讀出興趣。」寫的時候，眼光放遠一點，寫出更有普世價值的結論。比如寫〈如果我是〉，除了天馬行空敘述各種想像，最後也可連結到「媽媽也想過嗎？當爸爸還是小孩的時候，他對未來有什麼想像？」等。

【參考題目】：〈我長大以後〉、〈老，是什麼？〉。

★先確認自己這篇文章，主要是寫給誰看，依此決定使用的語句與技巧。

★結尾可以設定「不管幾歲的人，都會同意我的結論」來寫。

practice

Lesson 3

風格

〈最偉大的發明〉

這一課示範的重點是

「從文章結構、節奏、語言等製造出某種氛圍，形成特殊風格，以符合文章主旨。」

〈最偉大的發明〉

「真聰明博士」從小就非常喜歡動腦筋，常常有新發明。每當真聰明博士發明一樣新產品，大家就會驚訝、驚奇、驚喜的說：「真是世界上最偉大的人。這麼偉大的人，搭飛機出國應該免費。」最後，國王也聽見了，點點頭宣布真聰明博士可以免費搭飛機到處玩。

於是，博士便忙著搭飛機到處旅行，一面玩一面思考新發明。沒想到，有一次竟然發生一件可怕的事。那一天，他準備搭飛機出國，到南方去曬曬溫暖的陽光，一進海關，機場的警察先生對他大叫：「打開你的外套讓我檢查。」

原來，警察先生以為他的衣服裡偷偷藏著古董花瓶。這真是太丟臉啦，誰叫真聰明博士越來越胖，肚子鼓得像個大花瓶。他忍不住罵自己的肚子：「為什麼你長這麼胖。」

肚子很委屈的回答：「誰叫你這麼愛吃糖。」

真聰明博士想了想，明白了：「對，都是可惡的糖害我變胖。」所以，他決定進行一項有史以來最偉大的研究，盡快發明「不會甜的糖」，好讓全天下所有愛吃糖的人永遠不會發胖。

真聰明博士經過三天三夜的努力，終於推出新產品「不甜糖」。

「這種糖一點兒味道也沒有，保證不甜。」真聰明博士得意的告訴大家。

國王很興奮，馬上表揚真聰明博士：「我從來沒聽過不甜糖，不愧是真聰明博士啊！」國王想了想，又說：「對了，不如你再發明不鹹的鹽、不辣的辣椒、不酸的醋、不臭的臭豆腐……。這些東西太稀奇了，還沒誕生在世界上啊，可不能被其他國家的人搶先發明。」

真聰明博士果然不負眾望，照著國王的命令，一口氣發明一堆新產品。

從此以後，真聰明博士每天喝著加了許多「不甜糖」的甜湯，吃著「不鹹的鹹湯圓」，喝著「不酸不辣的酸辣湯」，讀著「沒有字的字典」，看著「保證不新的新聞」，還送給太太一大瓶「絕對不香的香水」。他覺得自己比以前更偉大了，至少偉大一百倍。

他想：「這些產品太稀罕了，目前只有我擁有專利。全世界的人一定都崇拜我，感謝我，瘋狂的搶購我的偉大發明。」

只可惜，這些超級無敵的發明，到最後卻一樣也賣不出去。一直到現在，真聰明博士還是搞不懂，這麼稀奇的珍貴發明，為什麼都沒有人想買？

2 讀與想

★你認為真聰明博士的發明為什麼賣不出去？

★這篇文章給你的感受是瘋狂、愚蠢，還是別的？

★如果要給本文下結論，可以說：本文的意義在於勸告世人如何？

3 這篇短文，示範了什麼？

★這篇故事，短短的字數中，時間與空間卻拉得長又寬，場景變化很快，不拖泥帶水，只描述發生的事，屬於典型的快節奏、熱鬧派童話。

★不但節奏很快，故事情節也很荒唐。十分明顯為了諷刺。諷刺就是明明是要批評一件事，卻不明說，刻意以荒謬事例來表達，而且通常是採用負面說法，以對照出事件的荒唐可笑。

比如：本文是為了諷刺人性中的「自以為是、明明無知卻自認聰明」，所以反而將主角設定為「真聰明博士」，充滿嘲諷。

★為了凸顯荒謬，好讓讀者因為荒唐好笑，而願意深入思考其中的意義，所以採取快節奏的風格，呈現出有如小丑鬧劇一樣的氣氛。如果將它寫成抒情浪漫的緩慢風格，就不適合本文的主旨。

★寫作文章，必須考量想讓讀者獲得什麼「感覺」，努力營造出效果。例如：若想引發讀者濃濃的鄉愁，想念童年故鄉，寫出來的風格，就不能像本文那樣快節奏與荒謬。反而需要抒情緩慢，加入美好回憶與富有情感的敘述。

★採用什麼風格，必定是為了達到文章的主旨。所以寫作之初，便須想好這篇文章是為了對讀者說什麼，才能確定呈現風格。

★有些文章使用鄉土語言（比如加入大量的閩南語），於是便有比較古意的、鄉間的純樸風格。有些文章大量使用網路用法般的簡潔對話，營造出的風格則是現代的、快速的、即時的感覺。

★平時便可多做不同風格的寫作練習（詳見附錄一的練習三）。

4 請你也寫寫看

★根據主題，確認想帶給讀者何種感受，再決定呈現的風格：是要傳統起承轉合保守式的，還是現代快速感的，或充滿懸疑的，還是其他？

★風格一定跟遣詞造句有關，簡單來說，也像是「什麼人說什麼話」。比如，全文若想表達一種畢業前淡淡的感傷，可以多寫些對校園風景的描寫，且針對校園群樹的飄飄落葉、臺階上長的雜草（無人理會注意，顯得寂寞）等，以這些字句，便自然傳達出一種別離的難過。或是描寫同學間從前的小祕密，增加「曾經親密，如今卻將遠離」的百般不捨。

★若是反諷類的，可故意寫負面情境，且寫得荒唐些，製造衝突感，讓讀者反而覺得可笑。

★若是想讓讀者感受到歡樂與趣味，可多運用誇張的語句。

【參考題目】：〈本班的〇〇大王〉、〈我的老師是外星人〉。

★擬定一位書寫對象，練習把他寫得很有特色，讓讀者印象深刻。可呈現誇張風格，熱鬧一點、節奏快一點。多舉事件實例，但加以誇大一些。全文若有點奇幻風格也可以。讀者不會在意真實或虛擬，在意的是在閱讀中，有沒有得到有意思、印象深刻的感受。

practice

Lesson 4

意圖

〈人生最好的態度是誠實〉

這一課示範的重點是

「以直接或間接方式，把文章的企圖講得清楚明確，讓讀者不誤讀。」

〈人生最好的態度是誠實〉

美國有位歌手，樂在作曲，樂在自彈自唱，也錄製過幾張專輯，可惜在美國並沒有大紅大紫。於是，尋常生活裡，他只是個做粗工的勞動者，付出苦力謀求生計。

這樣的生活，離他原來的音樂夢想已經很遠很遠了吧？

可能是不願對人生低頭認輸，雖然沒有達成音樂夢想，每日下班，只能帶著全身髒與臭回家，但是，他仍然帶著微笑，沒有對生活露出滿面愁容。老朋友描述著：「他是詩人、藝術家。有時當天要拆舊屋，必須做整日苦工，他一早卻穿著燕尾服來。」

對他來說，或許人生最好的態度是優雅吧，不論腳踩著什麼泥淖。

失意的歌手，人生走著走著，忽然有了意想不到的轉折。

有一天，一位導演來找他，邀請他擔任紀錄片的主角；其實就是要拍他的故事。失意歌手笑了：「我當紀錄片主角，有什麼賣點？」

導演也笑了，揭曉：「你不知道嗎？南非的年輕人，幾乎都會唱你的歌。」

南非人雖然對歌曲熟，但無人知曉歌手是誰。既神祕又激勵人心的歌，究竟是如何從美國飄洋過海到南非，成了傳奇歌手？這當然是一則好故事，值得導演花心力拍攝。

歌手答應了，最後還到南非舉行演唱會，萬人空巷，引起轟動。紀錄片也很成功，相當賣座。全世界的觀眾，當然也包含美國人，終於將眼光投注在歌手身上。上電視、受採訪，辦演唱會，總算圓了當年的夢。曾是失敗潦倒的人，如今名利皆有。大家都為此感動，並想起歌手就算在低谷時，也一樣優雅，更添幾分高貴情操。

誰知道，又有轉折了。

因為紀錄片賣座，還得到奧斯卡獎，澳洲人說話了：「他哪有失意潦倒、無人知曉。很久前，他便來過澳洲辦演唱會，在我們這裡挺紅的啊。」

原來，導演為求劇情生動，隱瞞了這一段。歌手雖沒有百萬暢銷金曲，但也並非紀錄片中那樣的無人聞問。其實歌手並無意假裝，一切都是導演安排。而真相曝光後，在觀眾心中，歌手原有的安貧樂道態度，打折扣了。

這部紀錄片名為〈尋找甜祕客〉。如果再看一次，片中做著鄙工的音樂人，老照片中還是優雅的笑著。而我們只想問：人生最好的態度，難道不是誠實嗎？當導演掩飾部分情節，如果當時歌手挺身而出，優雅的拒絕隱瞞，一定更好。並不是說：歌手得窮一輩子，故事才動人；而是誠實本身，最動人。

2 讀與想

★請將這個不斷轉折的事件，依時間順序，簡單列出重點。

歌手有夢想，也錄過專輯，↓______↓______。

★在這個真實事例中，你認為歌手、導演、觀眾，有誰犯錯，還是都沒錯？

★如果你是導演，你會怎麼安排劇情，可以不必隱瞞，仍然拍得讓觀眾滿意？

★本文作者的目的，是主張人生最好的態度應該如何？從哪些句子知道？

3 這篇短文，示範了什麼？

★意圖，是明確主張，甚至可以在題目中就做結論。

★有些文章採取隱喻，雖不明說，但讀者能從文中，讀出作者要表達的主旨。有些文章，則堅定的表達立場，清楚的說出自己的看法。前者是間接，後者是直接；但二者都有明確的態度，以不同方式寫出意圖。「意圖」就是作者寫這篇文章的目的。

★本文先將一再轉折的情節，敘述完整，為的是讓讀者知道，這件事沒那麼單純，有點複雜。人生中有些事，的確包含許多外在因素，就算簡單的事，也可能變得不簡單。先讓讀者置身於這件「複雜事件」中，跟著產生複雜的情緒。

★當讀者的情緒變得複雜，甚至不知所措，不曉得應該判定誰對誰錯，或究竟該贊同抑或反對；最後，當作者提出一個明確的方向時，反而容易讓讀者認可。

★也就是，如果一篇文章，主要企圖是傳達作者想說的理念，就必須以漸進式、讓讀者一步步接受的方法來寫。如同本文，在文章中途，先提出「優雅」的人生態度，當做可能選項；再結論出：如果不誠實，優雅又有何意義？等於用對照的方式，讓讀者比較出誠實比優雅更重要。這樣才有說服力。

★直接在結論、甚至於在題目中就說明作者的「意圖」，適用於「理念」型的文章。也就是，想說出自己的理念是什麼。比如從本文得知，作者最重視的人生理念是誠實。

4 請你也寫寫看

• 想出一則你認為目前為止，最重要的人生態度、行事理念是什麼。比如：勇敢、善良、熱情、大方等。

• 針對這個理念，收集一些可用的實例，不論是發生在自己身上，或家人朋友；或是新聞事件、書中看到的皆可。這些實例，如果有正例有反例，就可用「對照」的方式來寫。若是全為正例（或反例），也可寫出「力道」更強的效果。

・最後結論要表達自己的意圖。並且檢視整篇文章，有沒有順利帶著讀者，一步步走到你設定的目的地？

【參考題目】：〈人生以快樂為目的〉、〈我的名字是熱情〉、〈人性本善〉。

★文章從頭到尾，都必須以此意圖為核心。如果中途加入一些模稜兩可的意見，反而讓讀者無所適從，不確定你的主張是什麼。

★比如，若想主張人生以快樂為目的，便可寫出各種人生中的快樂，以快樂為主軸，不論是自己的、助人的、知足的等。不可在文章中間，忽然插入其他人生見解，例如，又寫「除了快樂，也要忍耐」。這樣會模糊原來設定的焦點。

★表達「意圖」為主的文章，一次提出一種為宜，力道較集中。

practice

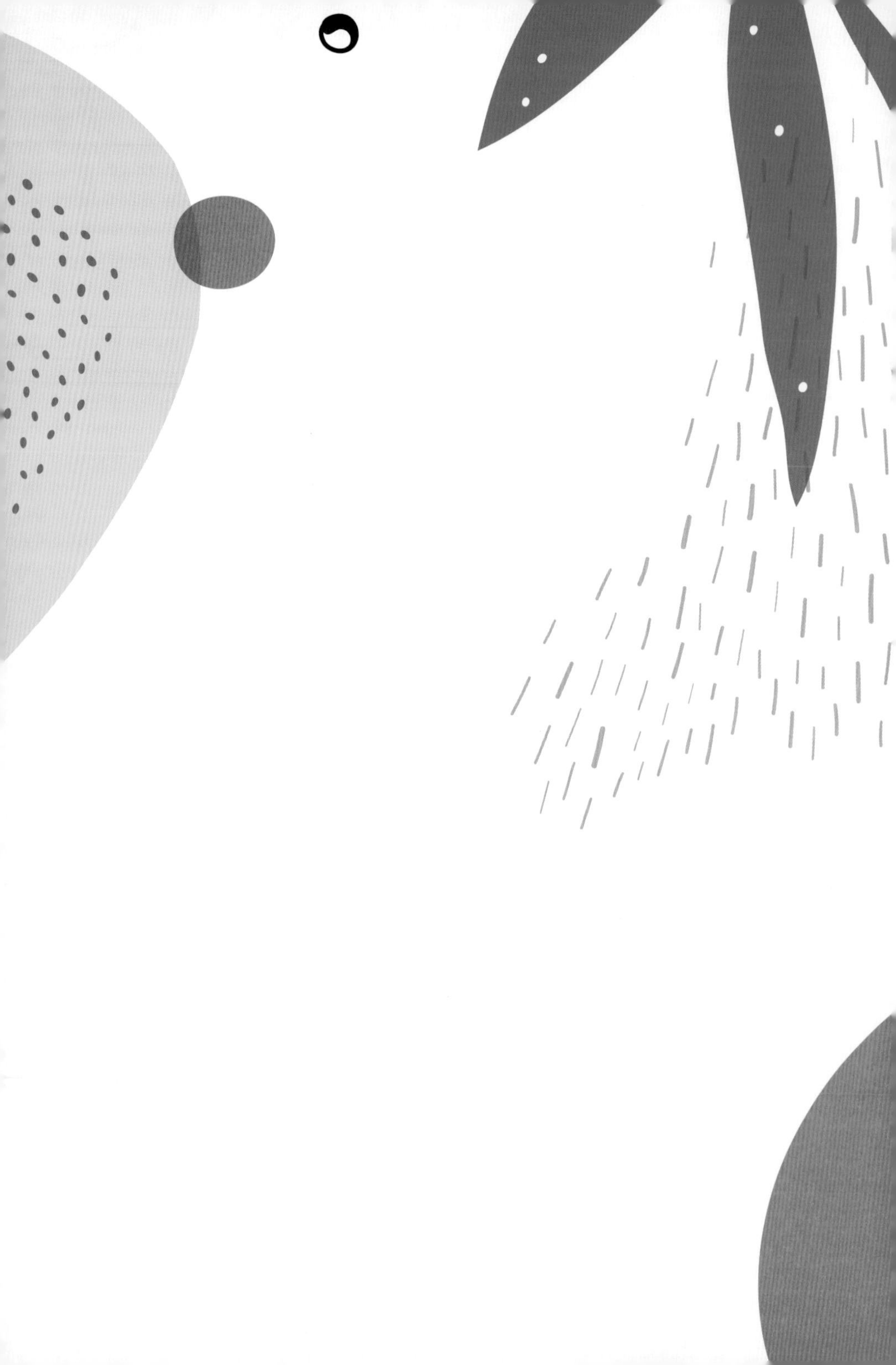

Lesson 5

觀點

〈被禁止的名字〉

這一課示範的重點是

「資訊類文章，必須有自己的角度與看法。」

〈被禁止的名字〉

你的名字是誰取的，有沒有特殊理由或典故？這是聊天的好話題。不過，另一個與名字有關的妙話題，保證令人大感驚訝；比如，在德國，想為孩子取名馬蒂，會遭到民事登記處拒絕。

馬蒂這名字聽起來很普通啊，有什麼問題？原來德國政府反對「無法辨識性別」的名字；漢娜是女孩、保羅是男孩，一看便知，使用這種名字便不會有困擾。而馬蒂，是男是女呢？太中性了，所以被退件。

為孩子命名是一件人生大事，儘管有些父母命名時頗隨興，比如美國有位名人為孩子取名為「西北」。但想必多數父母，不會故意取「豬皮、地獄」這種恐怖名字。紐西蘭有個孩子被父母名為「16號公車候車站」，雖然古怪，但官方沒有理由拒絕；這個國家禁止的新生兒名字反而是「公爵、國王、公主」等，看似違反命名自由，但也還有幾分道理。

冰島的例子很值得探究。一對英國夫妻搬到冰島後，發現兩個孩子的名字，無法順利取得護照；女孩名字是哈麗雅特，男孩是鄧肯。到底違背了冰島哪條禁忌呢？原因是這兩個英文名字，無法以冰島的字母拼寫。於是，兩人的冰島護照上，名字只能寫著「女孩」、「男孩」。

一個國家希望保護本國的語文，所以一輩子跟隨的名字，當然是政策上的重點。只是，這個理由，有沒有值得深思的地方？到底我們該以國家、民族為重，還是應該允許命名的自由，海納百川？

這是一道辯論的好題目，若問我，我倒願意支持冰島的決定。

自由的前題，應該是安全無虞，只有讓人安心的土地上，才能盡興的自由，不必擔心哪天國亡家亡，自由墜落深谷，成了他國或他種文明的俘虜。

而且，從英國搬至冰島，應該也是抱著喜愛與認同才來。融入在地文化，好像也理所當然。冰島人嚴肅的對待本國文字，不為任何外來名字開例，這種堅持，往壞處想是頑固、不尊重他國語言；但是，也有一種悲壯，在逐漸全球化、無界限的如今，只想好好保護專屬於本國的一絲語文上的尊嚴。

這道關於名字的兩難題，不論從哪個角度思考，必定都有支持者。世間所有事，端看你怎麼想，沒有標準答案，我們只能不斷練習、做出自己的選擇；誰對誰錯，可能不會有最終評判，一切自己想。

2 讀與想

★本文舉了哪些令人驚奇的命名規定？請條列出來。

★請說出作者支持冰島的命名規定，抱持的理由是什麼？至少從文中找證據，說出兩點。

★如果你是一個國家的命名法規制定者，你會列出哪些規定，還是不必規定？

★文末說這是一道「關於名字的兩難題」，到底是哪兩難？如果允許命名自由，就會______；如果規定必須以冰島拼字法才可以，就會______。

★你能從這道兩難題中，做出比較好的選擇嗎？

3 這篇短文，示範了什麼？

★這篇文章運用了外來的資訊，面對資訊，作者必須有自己的「觀點」。作者必須藉此提出自己的解讀、選擇。同一件事，可以有不同觀點，甚至可與原來的資訊有相反意見。

觀點也是採取某種角度看事情之後，形成自己的想法。所以可能同件事，不同人有不同觀點（因為角度不同）。舉例來說，去拜訪他人，一進門脫了鞋，對方拿拖鞋給你穿，多數人的觀點是「主人怕我弄髒腳」，但也有相反的觀點是「主人怕我的腳髒，踩髒他家地板」。

★如果在寫完資訊之後，沒有提出自己觀點，整篇文章便只是資料收集，作者淪為傳聲筒、人云亦云。如果讀者沒有讀到你的觀點，他何必讀你的創作？直接去找原來的資料看即可。

★觀點代表你的選擇，所以到底該採取哪種角度，贊同或否定，都必須詳細寫出理由，以得到多數讀者認同。比如本文的觀點，是從「保護本國文化」的角度，認同冰島的命名法規。提出的理由是：有本國文化，才能得到真正與長遠的自由。

★如何練成一個「有自己觀點」的人？當我們在閱讀此類「有觀點」的文章時，身為讀者，正可藉此機會練習選擇、形成自己的觀點；試著說說看，有沒有與作者相同或不同的意見。如此有助於下次自己寫作時，能更多元、從不同角度看一件事，不再狹隘的認定只能這樣或那樣。

★「觀點」與「意圖」基本概念雖然有點相似，都是在說出主張。但觀點是「就事論事」，論斷其是非，澄清自己為何選擇站在這一方。意圖則是主動的說出某個主張。

項目	說明	舉例
觀點	作者的主觀認定，對某事的看法。	我認為機器人根本沒有所謂的「自由意志」。
意圖	作者的寫作目的，提出某種主張。	雖然機器人沒有自由意志，但也應該有它的權利，因為萬物皆有靈，是一種對物的尊重。

★另有「敘事觀點」，與「觀點」不同。「敘事觀點」指的是文章中是從哪個角色來看與想，常見的有第一人稱（我）、第三人稱、全知觀點等。也就是「敘事觀點」指的是這篇文章裡，誰在說話。「觀點」是「我在這篇文章中的意見」。

4 請你也寫寫看

• 收集同一主題、不同的資料內容，試著在這些資料中，找出一則可以深度表達自己觀點的事例。可以從新聞事件中去找靈感。

• 收集的資料，如果能正、反方皆有最好。如果資料中，主張的概念都相同，也可以練習說說你的意見，也贊同嗎？還是你的觀點截然相反？

【參考題目】：〈當外星人來到地球，我們該歡迎還是驅離〉、〈錢真的能買到一切嗎？〉、〈滿街都是吸血鬼攻擊時，有人敲門求救，該不該開門？〉。

practice

No!
Yes

Lesson 6

美感

〈愛是自由〉

這一課示範的重點是

「文章具有核心價值，能引發讀者的心靈高貴美感。」

〈愛是自由〉

他伸出手，試著以手勢為我示範什麼是交流電與直流電，這些複雜的物理現象、化學公式，一向非我專長。我專長的是語文，風花雪月、為賦新詞強說愁，與各種不切實際的幻想。我是作夢專家、只有國文科沒被難倒的可憐中學生，他是隔壁班每次大考小考皆榮登狀元的好男兒。

他很嚴肅，表情很認真，彷佛教懂我直流電與交流電的差異，是他此刻在地球上最重要的使命。我嘆了一口氣：「幹麼學這個，將來我一定不靠這個維生。」他更嚴肅了：「明天就考這個。」

「我跟你說哦。」我打斷他的直流電教學。「你讀過文藝小說嗎？青山依舊在，幾度夕陽紅，好浪漫。我昨晚熬夜看，哭得簡直……」

他靜靜的看著自己手中的物理課本，聽我説著小説中的纏綿悱惻。我可能是個説書高手吧，聽著聽著，他嚴肅的眉眼逐漸開展，露出一張清秀白晰的英挺男孩臉龐，與我在短暫時間中，跳脫一切，躲入必遭師長譴責的「愛情肥皂劇白日大夢」中。我説得激昂，他聽得入神。小説中的愛恨情仇，怎麼如此動人，比我們明天即將面對的考試重要多了，真實多了，不是嗎？

説完男主角最後隱居山間，我輕輕一嘆，他也輕輕一嘆。過了幾秒，他拾起課本，問：「啊你到底是懂了沒有？」

後來我隔天考試究竟有無及格，已不記得。但是，那個夜已深、教室卻仍燈火通明，兩個暫且撇開一切，享有夾縫中片刻自由的情景，依然在我腦中停駐許久。我甚至連為什麼隔壁班的狀元郎會為我上家教課，都忘了。一開始，似乎是因為我與他的堂妹是室友，透過堂妹介紹而彼此認識交談。也許是我某次抱怨自己毫無科學細胞，他一時興起，自告奮勇為我私下教授吧。

愛的理由千百種，一個對的眼神，一次恰到好處的感受，便成為彼此最與眾不同的默契，只有你知我知。從此，兩人分享一種最舒適與自由的狀態，無比壯大，足以抵禦所有外在的擊打。

每天都有考試的當時，我卻依然活出一絲絲快樂，除了感謝讀不完的小說，更慶幸的是有他。一個願意陪著自己作夢，完全理解與接納的精神伙伴，是多麼可貴。我與他，常常在夜間的學術研討中，並行著另一個時空；在我述說的小說情節裡，我們覺得自己也戀愛了，值得了。

我與他算不算一對青春戀人？是，也不是。然而，他對我的確不太一樣。當一個人真心待你時，絕對會有感應的。每次假日歸鄉返校後，他的堂妹會偷偷送我小袋點心，低聲說：「我伯母做的。」伯母，不就是他的媽媽？是他央求母親手作美食贈我嗎？我偷偷歡喜著。

中學畢業前夕，他在我的紀念冊上留言，仍是一貫的正經八股勉勵文。但他寫好遞給我時，微微一笑。我也是。

其實什麼也沒發生，以實際情況言，我們應該不算是一對戀人。幾年後，已無聯絡的我們，在我讀大學期間，有日不知怎麼的，忽然來找我。他送我一對小巧可愛的紅鞋子吊飾，我接過來，直想：「這個能掛哪裡啊？」抬起頭看他，他也有點羞赧的說：「真不知該送你什麼，胡亂挑一個。」

但是又有什麼關係呢？人生已送過我們一個大禮，讓我們在純真年代，學到一門愛的課程。有愛，會讓我們成為自由人，無懼也無憂。至於在不在一起，那又是另一門課，要付出高學費的，不強求。

2 讀與想

★請為本文中的女孩與男孩，各寫一段簡介。例如：個性、喜好、專長、可能的星座等。

★本文篇名是〈愛是自由〉。你能從文中找到作者主張的「自由」，是指什麼嗎？是指真正的愛，會讓人覺得自由，還是什麼？

★依你看，作者青春期與男孩的這一段交往，算不算愛？

★你認同作者對愛的定義嗎？你自己的定義又是什麼？

3 這篇短文，示範了什麼？

★美感的定義很廣，其一是如何將事物寫出讓人愉快、充滿藝術情調的感覺。其二是將美感更加提升，寫出一種高貴的情操美感。本課鎖定於後者。

★如何產生美感？必須取決於兩點：第一，選什麼材料來寫。第二：以什麼觀點或技巧來寫。

★有些材料的確無法寫出美感，比如涉及感官上，會有不快情緒反應的，諸如屎尿屁、刮骨剝皮等，本來就容易產生不悅感、不舒服感。但不表示這類題材不能寫，端看怎麼寫。只是若本意是要顯示美感，可能就得避開某些題材。

★至於以什麼觀點或技巧來寫，才能寫出美感？便必須了解人類的共通感受，確信以何種角度才引發共鳴，喚得讀者心中產生美感。例如，刻意灑狗血、煽情的寫一個乞丐多麼可憐，不見得讓人心生憐憫。但是〈賣火柴的女孩〉寫的角度是「只想取一點暖，足以活下去」的人生困境，卻不可得，透過幻夢般的火光，女孩的一點卑微願望點燃，又瞬間消失；帶來一種悲劇般、詩意的美感（以孤單小女兒更添悲劇感）。在這種悲傷美學中，可喚出人性中高貴的側隱之心。也就是此文的美學，是屬於可喚起高貴情操的心靈美學。

★美感不見得只能寫美麗事務，指的是要寫出某種高貴的情操，希望讀者閱讀之後，得到昇華。就算寫醜陋的、可惡的，但透過作者的同情之筆、包容的心，讀者讀後有「淨化」作用。比如英國作家狄更斯的《孤雛淚》，寫的是孤兒悲慘遭遇，但反而激發讀者同情，思考人性之善與惡。淨化，是透過悲憫，產生自我警惕（不要像書中那樣作惡），因此，雖然讀的是底層人生困境的醜陋，卻帶來閱讀的昇華作用，也是一種美感。

★寫作之初，可以思考，這篇文章有沒有帶來提升作用？讀者能不能因此得到省思？這篇文章有帶來意義嗎？值得被讀嗎？當然，不表示每次寫作都得如此耗心思，進行浩大的心靈工程。

文學界甚至有種「無意義文學」，供讀者解頤、博君一笑，一樣有它的娛樂功能。但如果有機會，逐漸提升自己的創作內涵，讓它既好看又富深意，亦該努力一試。

★本文以青春期的一段純愛，乍看是寫愛，其實是寫「有人在最需要的時刻，傳遞出溫暖，而且是雙向的。」不但男孩對女孩好，女孩的浪漫，也補足一點男孩刻板生活的無趣。全文沒有愛得死去活來、沒大哭也沒大笑。但因為恰到好處、及時所需的溫暖，給予兩人力量，在課業束縛中，得到一種心靈上的自由。所以，本文的美感，不僅在營造「純愛之美」，還提升到更高的人性渴望：自由。

4 請你也寫寫看

- 請以「愛是……」來發想，依這個核心，選取你認為符合的材料來寫，不論是自己的或他人的皆可。
- 寫的時候，多寫事件本身，不必刻意對事件寫太多自己的想法。但是選取的事例，必須能慢慢醞釀出一種美感，浪漫的、高貴的、無私的等等。

【參考題目】：〈愛的標準答案是〉、〈愛的詞典裡沒有〉、〈愛就是……〉。

practice

Lesson 7

輻射

〈逛〉

這一課示範的重點是

「主題當做圓心，輻射式的往外擴散寫，增加主題豐富性。」

〈逛〉

有次看見一個旅遊節目，列出十大無聊景點，計有金字塔、巨石陣等世界知名景觀。為什麼這些景點會被評為無聊？根據主持人說法，旅客覺得與原先期望值相差太大，本以為氣勢多麼驚人，但抵達現場，卻發現不過爾爾，太普通了。有位旅客還說：「不就是幾塊石頭排成一圈？」

我想起愛因斯坦的名言：「邏輯可帶你從A到達B。想像力卻可以帶你到任何地方。」也許，這些在景點逛啊逛啊，覺得「好無聊啊」的人，行囊中並沒有攜帶想像力。在巨石陣的現場，如果想像著千年前，當時圍繞石塊的人，月升之時，手牽手吟唱著什麼？心中帶著何種祈求？加上想像力，眼前的石頭便不只是石頭。

其實，不一定得親臨歷史古蹟，才能享受旅遊樂趣。日常生活的閒逛，一樣的，只要有點想像力，出去走走總能帶來無與倫比的好時光。

我喜歡帶著我的小烏龜，到公園裡做日光浴。把烏龜放在長椅上，訓練牠的方向感與平衡力。一個三歲孩子走過來，望了望，忽然張開缺牙小嘴，口齒不清的問：「你係不係牠馬麻？」

我只好點頭：「係啊，我係牠馬麻。」他抬頭看看自己的馬麻。我則微笑帶著我的烏龜兒子到別處去逛。公園裡可以練習各種人際關係。

到熱鬧市場逛逛也不錯，老是有新產品增長我們的見聞，還能得知最新流行趨勢。有個小販泡了一大壺黑褐色飲料供人試喝，一面吆喝著：「補腦強身營養美味的十全湯，不買會後悔。」但是，買了一瓶還不夠，他會懇切提醒：「這藥湯太補了，喝太多會流鼻血。」怎麼辦？買的人大驚失色。沒關係，他像個救苦救難的菩薩，拿出一瓶罐子：「只要再吃一顆黃蓮丸就沒問題，現在特價優待。」

也到書店去逛。翻翻最新的各式週刊，看看八卦新聞、了解這一季巴黎春裝流行式樣。只要三十分鐘，我就能知道世界各地大大小小、五花八門、絕不重要的奇聞怪事。人生苦短，剩下來的時間，應該多閱讀有意義的書，比如食譜；因此，逛書店時，我也依次學會了各國簡易料理，以及如何洗去廚房油垢、如何幫寵物命名等等生活要點。我的逛，是「生活小百科之逛」。當然，臨走前，必定買幾本小說；家中屋子雖小，打開小說，便進入寬闊無比的宇宙。

有時，到空山不見人的僻靜山路走走，和野花野草邂逅也不錯。路上不時有結了一半的蜘蛛網、造型古怪的肥毛蟲，吸引我和孩子停下腳步。飽讀昆蟲小百科的兒子誨人不倦的教我：「媽，那是蝴蝶的蛹。」我們一起想像著，幾天後，有美麗的彩羽，將翩翩飛起。

也可以到花市去逛，沾一身香，沾一身對平凡生活的不凡氣息。到河邊逛，望望風中的芒草，吟著季節的詩。或是，在客廳裡，對著樓下巷子，用眼睛逛，看那些人來人往，他們也在逛嗎？

抱著愉快心情，願意加入各式想像。逛，絕對不會遇上無聊的景點。

2 讀與想

★請列出本文一共寫出哪些逛的地點。

★雖然是寫各種逛，但顯然本文各段並非都一樣內容，請列出作者各段寫的內容。依此可知，就算都在寫逛，但要寫出不同內涵，增加變化。

段落	主要內容
熱門景點	電視節目的說法＋自己意見
公園	與三歲孩子對話
市場	
書店	
山路	
其他	

★本文所寫的各種「逛」中，哪些片段有作者所稱的「帶著想像力」？

★你能在文中得知作者是個想像力豐富的人嗎？從哪裡得知？

★在文中的各種逛中，你認為最有畫面感，最有趣的是哪一段？為什麼？

3 這篇短文，示範了什麼？

★輻射，適合通用事物類；具普遍性，讀者熟知的。以主題為中心，採同心圓漣漪式，或輻射線往外展開方式來寫。最好就主題的各種面向來寫。例如，本文以「逛」當圓心，寫出逛熱門景點、逛公園、逛市場、逛書店等。

★雖然是圍繞著主題來向外輻射擴寫，但不代表只能針對大題目。就算是很小的主題，也一樣能依此寫法發揮。比如，將大範圍的「逛」，改為小範圍的「逛書店」，同樣能以書店當圓心，再延伸寫逛書店的種種可能與趣味，諸如欣賞各種類型的書、尋找美麗的書封面、大小書店的不同、書店老闆的態度等。

★輻射是向外發散出去的，但也意味著從某一個焦點展開。所以輻射同時也是「聚焦」。所有向外的擴寫，都是聚集在圓心主題，不可寫到別的事物上，免得散亂，讀者將找不到文章重點。

★雖然是向外輻射且要聚焦，但千萬不要每一道輻射出去的線，寫的內涵都一樣，比如「逛」，都寫成「在哪裡看見什麼」，會太枯燥。本文便示範了，雖然都是寫逛，但運用了：對話、敘述、陳述自己意見等不同寫法。

4 請你也寫寫看

- 先就主題列出可以發揮的材料，但必須聚焦在主題。
- 每道向外輻射出去的段落，想想如何安排它們的順序，以及怎麼寫：採用對話，還是敘述等。
- 最後一段，必須將發散出去的內涵，再度收攏回到主題圓心，做出本文結論。如同本文結論是「帶有想像力去逛，不會無聊」，不但有聚焦在主題，而且又能呼應到開頭。

【參考題目】：〈笑〉、〈眼淚〉、〈害怕〉、〈夢見〉、〈我希望〉。

practice

Lesson 8

層次

〈你作弊耶〉

這一課示範的重點是

「有層次的逐漸堆高或改變情節，

讓讀者產生愈來愈深的感受。」

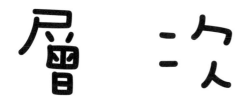

〈你作弊耶〉

小學時，每次期末的成績單都讓我很懊惱；倒不是成績差，而是導師評語。陸續出現過的字眼比如「驕傲、孤僻、不合群」，都很負面，不認識我的人，從這幾個字必定誤以為我是個很難相處的人，但是我覺得自己明明很友善，下課經常買零食請同學吃啊。老師寫的評語，讓我爸爸皺了眉：「喂！人際關係很重要，不要成為眾人的眼中釘。」

為什麼會這樣？我不敢問老師。我的成績總是名列前茅，美術課，更是我的強項，不管老師出什麼題目我都拿高分。我應該是人見人愛的小甜甜才對啊。

我問最要好的同學林小玉：「我哪裡驕傲不合群？」小玉是我三年級同班同學，也像我的小跟班，下課時我們總黏在一起。她替我抱不平：「對啊，你哪有驕傲不合群？」我大聲的嘆口氣。

上美勞課了，這回題目是「美容院」。我不假思索便立刻下筆。畫面有三個阿姨正在洗頭中，我以白色顏料在乾掉的髮色上，隨意繞出圈圈，呈現頭頂白花花的泡沫狀。地板則以黃藍格子表現，並有幾綹剪落的黑髮掉在椅子邊。

不意外的這次又拿高分，老師並立刻將我的作品張貼在走廊公佈欄，供全校師生欣賞。這種榮耀已太多回，我其實已經沒有第一次那種興奮感了。

但是，且慢！老師怎麼又拿了一張作品貼上？我瞪大眼睛，心裡大叫：「這是誰的畫？根本抄襲我的嘛。」

同樣是三個阿姨頭頂白泡泡，同樣是地板格子圖案。我轉頭正好看見林小玉一往情深的看著公布欄。原來是我的小跟班抄襲我！我低下頭，又急又氣。很想向老師檢舉，可是，難道老師看不出她學我嗎？抄襲的畫可以被榮譽的展示嗎？更重要的是，會不會有不知內情者，誤以為是我抄她？這怎麼行。我越想越憤怒，覺得一定要採取行動。

下課時，林小玉說要請我吃糖果，邀我上合作社買，我沒理她。「你作弊耶！」我差點兒對著她破口大罵。這世界如果有人想不勞而獲，竊取別人創意，自己不願下功夫，難道還要獎賞與寬容待她？

隔幾天正巧輪到我當值日生，不必參加升旗典禮。我利用這個上天賜予的良機，決定替天行道，懲罰作惡之人。我拿出黑筆，在林小玉的畫作上，加工添料，洗頭笑咪咪的阿姨臉上，多了兩撇可怕的鬍子，再點上滿臉麻子，最後，戴上一副可笑眼鏡。太精采了，她的圖上現在是妖怪醜容院，非美容院啦。

為了掩飾我的不法行動，我還理智的替自己的畫也加工，不過當然手下留情的僅僅畫了細細的鬍子、一點點麻子、戴一副不那麼可笑的眼鏡。

當林小玉發現我們的畫被毀容時，氣得馬上向老師報告。老師十分生氣，但也查不出誰是破壞作品的兇嫌。當然更不可能疑心是我這個資優生兼受害人之一。這真是個天衣無縫的替天行道義舉，不是嗎？

過了幾天，又有新的圖畫被貼上去，我們那兩張恐怖作品就被換下來了。林小玉默默把畫捲起來，收進書包。我誇張叫起來：「變得這麼醜了，你還要！」她卻小聲說：「這是我第一次有作品被貼在公布欄。」

那一刻，我心裡有點難過。我本以為的義行，真的是嗎？我以為是林小玉抄了我的原創，侵害我的智慧權，但是，我選擇以傷害她的方式處理，我於是快樂了嗎？我們該維護自己的智慧財產，更該尊重別人創意，不該抄襲他人。但有的時候，事情並不僅僅是這樣。

當我年紀漸長，再回頭想這件事，我終於明白老師對我的評語有多麼貼切。自以為高人一等的我，連號稱我最要好的朋友，都不容許她分享一丁點畫面取材靈感。畫上的白色泡泡與格子地板，其實一點都不原創，我後來在許多畫冊或書頁裡、雜誌上都看過，說不定我當時也只是根據潛藏腦中的先前經驗畫出來，有何珍貴？但小玉對我的珍貴信任與忠實跟隨，卻被我驕傲的踩在腳下。

如今，我腦中仍嵌著當年十歲小玉那張失望的臉。提醒著我，我並沒有自以為的那麼了不起與唯一。

2 讀與想

★ 你認為作者從「你作弊耶」的不滿，轉折為「我心裡有點難過」的關鍵理由是什麼？

★ 請為本文中的「我」，做一張心態上的改變歷程簡表。

老師說我驕傲，我不以為然，→ 好友也認同我的說法，→ ＿＿＿＿ → ＿＿＿＿。

★ 老師對作者的評語，你同意嗎？若你是老師，你會怎麼寫、怎麼做？

3 這篇短文，示範了什麼？

★ 轉折與層次的基本概念有些相同，但是轉折是一次「大大的出乎意料」，層次則是一次又一次的出乎意料（程度不像轉折那麼大）。層次也有別種表現手法，比如從細微的，逐漸變成大的、宏觀的。或是像本文，是心態上的一次又一次改變，而且每一次想法都比上一次的截然不同，或更成熟。

★本文的最大轉折點是「那一刻，我心裡有點難過」，而為什會有這一刻，是因為好友小玉的一句話。為什麼這句話有如此力道？請想一想。當我們試圖在文章中，想要感動讀者，一定需要引起共鳴。而本文的共鳴點是「不忍」，因而同情；人都有憐憫之心，本文運用的是這個人類共通的善良本性。

若想在文中引起最大共鳴，揭示的情節最好自然一點，不必刻意灑狗血，不必請出悲劇演員來嚎啕大哭。比如本文只讓小玉小聲的（也就是淡淡的）講了一句話。

★本文除了示範不同階段的心態轉換，末尾也做出總結。如果你的文章中，也有類似情節，出現各種不同狀況，最終也需要歸納出你的最後看法。

★本文也應用了前後呼應，從老師的評語開始，最後呼應「老師的看法沒錯」。

4 請你也寫寫看

- 想想之前有沒有什麼事，不論是發生在自己身上，或別人的、新聞上的事件，而你對此事件的看法有過幾次改變。這便是好的寫作題材，可運用層次來寫。
- 每一個層次，必須與前一個有所不同，但不同可能指的是「力道、影響力、好壞、喜歡或討厭」等。不見得是相反。

【參考題目】：〈我對苦瓜的愛與恨〉、〈當世界發生災難〉。

★針對這件事或這個對象，依時間順序寫出你對它的第一印象、日後如何改變想法、最後的結論。

★結論不一定是斬釘截鐵式的「應該、必須」。有些事，可能有彈性較好，甚至有些事，根本無可奈何。

practice

Lesson 9

設問

〈最好的動詞〉

這一課示範的重點是

「提出問題，

引起讀者探究的興趣。」

〈最好的動詞〉

最好的動詞是開吧？
開一扇窗，眺望遠方，
打開門，丈量腳步有多長。
古老的箱子，快快打開，
開了以後，是寶藏還是再也追不回的感傷？

最好的動詞，其實是關吧？
關上窗戶，躲避殘暴的風雪攻擊。
關上門，與溫暖一起好好休息。

或是，關上眼，也關上心，
安靜一下，安靜一下，世界暫停。

最好的動詞，並非開與關，並非笑與唱，並非跑與忙；
最好的動詞，是不論開開關關，不論跑跳唱，
在動了以後，還有下一個動作。
忙完以後，還有事值得忙，
笑完以後，還有事值得笑。
應該是這樣。應該吧？

最好的動詞，到底是什麼呢？
別再想了，讓我抱抱你吧。

2 讀與想

★列出本文提出哪些問題？至少列出三個。

★作者提問的方式，有什麼不同？比如第一種方式，是直接問「最好的動詞是開吧？」請找出作者還用了哪種不同的問句寫法？

★作者最後有沒有說出真正的答案（最好的動詞是什麼）？

3 這篇短文，示範了什麼？

★在文章中提出問題，邀請讀者想想看，是寫作常用的「設問」手法。這種手法又可分為三種：

- **提問**：不但問，還說出答案，比如本文。
- **激問**：問而不答，但是答案呼之欲出，有暗示，甚至答案就是問題的反面。比如：難道你以為狐狸真心讚美烏鴉歌聲美？

• **懸問**：只問不答，也沒有暗示，讀者必須自己想，製造懸念。

★這首詩運用的是「提問」，自問自答，但這些問答，目的是為了引領讀者最後走到一個真正的、作者要說的事。所以前面的鋪陳，必須針對最終的解答，有引導作用。

★這首詩真正主題是「擁抱的溫暖，最美好」。之前鋪陳的動詞，有開、關、笑、唱、跑、忙。如果一一寫出這些動作所做的事，會枯躁無趣，所以只有在「開、關」兩動詞大加書寫，但其他就略寫，在整首詩中，製造「慢、慢、快、快」的活潑節奏感。

★雖然是「問與答」，但如果全文都是「先問再答」，也一樣無趣刻板。所以在本文中，前兩段是先問再答，第三段變成先答再問，讓讀者心思也跟著產生波動，不覺得樣板化。

4 請你也寫寫看

• 先確定要採用設問法的哪一種？提問、激問還是懸問。
• 是要提出一個問題，還是多個？如果是多個問題，須有核心主題。比如，〈什麼是美〉當做核心主題，然後提出多種美的可能，一一詢問。
• 針對主題，再確認自己想跟讀者分享自己的答案；還是只有發問，製造寬廣的空間，讓讀者想不停。依此確認結果，再決定寫哪些材料。

【參考題目】：〈是什麼讓世界更好〉、〈誰最需要魔法〉、〈朋友更多也更好嗎〉。

★想想這個題目，自己有答案嗎？自己的答案夠不夠完美？還是，想出許多選項當做可能的答案，讓讀者自己選？
★如果要自問也自答，答案最好能全面與圓融、富有彈性。可先試想，這個答案有沒有被質疑或否定的可能？針對這個可能性，再多加說明。

practice

Lesson 10

比擬

〈抱怨〉

這一課示範的重點是

「以甲來比擬乙，快速引發共鳴，

增強讀者感受。」

〈抱怨〉

門說：沒有人比我更矛盾；我總是下不了決定，究竟應該進去還是出來？這輩子，我一直在原地，哪裡都沒去。

床說：我製造睡眠、收集睡眠，自己卻從來沒有躺下來過；我犯了什麼錯，對我如此折磨；還是對我的誤解，以為我挺得過一切？

椅子說：我也想玩大風吹，卻老是輪不到我站起來。我被坐著，我付出擁抱，得到的卻是空空如也。

時鐘說：既然一生的道路早就規畫好了，我還能走到哪裡去？繞圈圈、轉圈圈、逛了一圈又一圈，我還要走多久，才停？

桌上的鉛筆說：為什麼我不能自由發言，只能當手指的應聲蟲？

尺也嘆了一口氣，說：我一輩子都得挺直腰桿，其實，有時候我也希望能伸伸懶腰。

橡皮擦大喊：我的一生，難道只為了別人的缺點而活？我擦掉別人的錯字，自己一個字也說不出。

釘書機皺起眉頭，表示不滿：我越咬牙切齒，你們越密不可分，這是什麼道理？是在嘲笑我，還是諷刺我總是跟別人唱反調？

量角器說：我愛用各種角度去看這個世界，你們卻偏偏堅持一個角只有一個刻度。字典呢，它說：既然沉默是金，我做那麼多解釋要幹麼？

電視說：究竟哪張面孔，才是真正的我？我已經找不到我自己了。乾脆去精神科掛號，做做心理治療。冰箱說：別怪我不能長期保鮮，誰叫青春的有效期限太短。電話說：夠了，夠了！老是重複別人的話，我就不能有我自己的意見嗎？

燈也有話要說，桌巾也有話要說，瓶中的玫瑰也有話要說，魚缸裡的貝殼也不斷張著嘴。別看窗外了，窗外更吵，更喧鬧。

我坐在地板，我聽見這些。這世界充滿抱怨——這就是我的抱怨。

2 讀與想

★依據文中的描述順序，也按照順序一一畫出簡圖。這樣做，有助於了解作者寫作時，如何安排這些物件的出場先後。畫完之後，想想作者為何設定這樣的次序，為了讓讀者的視角呈現何種效果？

★選擇兩樣你也認同的抱怨，說說你的看法。比如，你也贊成：「如果我是門，也會充滿矛盾，人生一直拿不定主意，而且永無止境。」

★本文說了一大堆抱怨，這些抱怨中，有沒有你認為不合理、不該抱怨的？

★綜合全文的說法，你認為作者的意圖，只是在提出抱怨嗎？

3 這篇短文，示範了什麼？

★本文雖然重點寫的是一屋子的抱怨，但其實是在說自己。以物擬人，當然抱怨的是作者自己。所以是「一屋子、他人的抱怨」，來比擬「自己的抱怨」。

★本文是甲（一屋子的抱怨）來比擬乙（自己的抱怨）。甲與乙的重要性是一樣的，二者相融。所以若從電視的「擬人化」觀點，它的確會抱怨

「哪張面孔，才是真正的我？」」。但也因為「屋子全在抱怨，自然包含了也在屋子裡的我。

★與比擬類似的，還有比喻。比喻更簡單一些，就是借甲說乙，但其實重點是乙，比喻分為三種：明喻、暗喻、借喻：

- **明喻**就是「你的溫暖有如太陽」，借「甲：太陽」說「乙：你的溫暖」，重點是乙。通常明喻會使用「好像、宛如、彷彿」等連接詞。
- **暗喻**是「時鐘滴答是時光老人的腳步聲」，借「甲：時鐘」說「乙：時間」，重點是乙。暗喻常使用「是、成為、變成」等。
- 在「明喻、暗喻」中，甲與乙都會出現，只是連接的詞不一樣。
- **借喻**，例如「文末有洋蔥」，讀者知道不是真的洋蔥，而是意指會使人感動落淚。所以真正的乙（眼淚）沒有出現，只寫甲（洋蔥）。

★比擬在修辭上，也被稱為「轉化」。比擬是以甲來比擬乙，甲乙是相融的，一樣重要，不像比喻，重要的是乙。比擬可分擬人、擬物、形象化：

- **擬人**：把物當做人，將物件人性化。例如：「感時花濺淚──花兒感動得落淚。」
- **擬物**：把人當做物，或把物當物。例如：「那隻落湯雞，癡癡的站在雨中。」「野百合想念著春日裡翩翩舞動的老友。」
- **形象化**：將抽象的感覺，化為具體事物來寫。例如：「心中有千萬把刀，刺痛著我。」心痛的抽象感覺，以具體的「千萬把刀在刺」來寫。

4 請你也寫寫看

- 找一樣（或多樣）物品或事件，以擬人法來寫。如果是多樣，必須有共同的基本性質，例如本文皆以「物品的抱怨」來寫。
- 擬人法必須針對此物品「真的有此特性」，如此加上人性的比擬，才有說服力。比如「蠟燭成天傷心落淚」，合理；但若寫成「蠟燭整天歡樂高歌」，就無說服力。

- 全文以比擬法寫完之後，最終還是得加入作者自己的總結看法，也就是呈現寫這篇文章的意圖。例如本文寫一堆物品抱怨，其目的（意圖）是在說「我對這個世界也有一堆抱怨」。

【參考題目】：〈如果樹會說話〉、〈聽風在唱歌〉、〈花兒的選美比賽〉。

practice

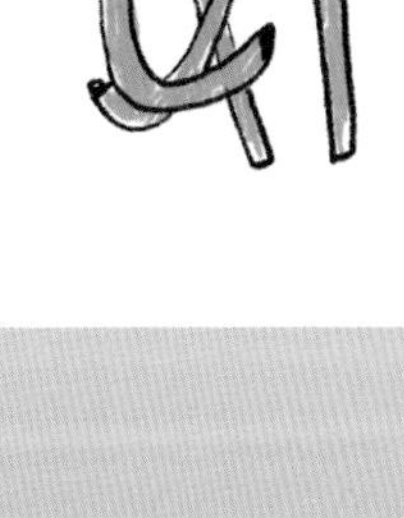

Lesson 11

象徵

〈我買的不只是郵票〉

這一課示範的重點是

「以具體的物品或事件，

製造抽象的情感效果。」

〈我買的不只是郵票〉

郵票，雖薄薄一片，卻可以繞著地球跑，抵達遠方。

每逢初一、十五，我一定要做的事，除了觀察月亮的變化，還有一件重要任務必須牢牢記住，就是檢查郵票是否還有存貨。

我用喜糖的空盒、一個喜氣洋洋的幸福寶盒，盛放一枚枚郵票。郵票面額不等，有平信用的，有掛號用的；整個郵票家族，老老少少、大大小小，團聚在寶盒中。隨意翻揀一下，紅黃藍綠、鳥獸蟲魚，姿態萬千的等著飛行任務。

我必須時時補充郵票的原因，當然是因為時常寄信。為什麼不一次多買些，節省來回郵局的時間呢？不行，那就無法定期更換郵票圖案了。

我喜歡寄信時，花心思挑選適合的郵票貼上。所謂適合，除了配合信封的造形，也得搭配這封信的內容，以及收信人的氣質。有時，跟四時節氣也相關，比如，春天使用桃花圖案，冬天則是老樹或寒梅。

白色長形的信封，呆頭呆腦，面貌枯燥，最好貼張優雅仕女圖案郵票，補救一下美觀。若是粉柔色調的信封，可以配套，來一張柔柔淡彩的浪漫郵票。公家機關使用的牛皮紙袋信封，我不敢亂來，規規矩矩貼上國家重要建設圖，或民族英雄畫像。什麼信封，貼什麼郵票，這是重要的美學思考。

寄給同為寫作的朋友，當然得精心設計，就選用文壇大師的肖像郵票吧，互相勉勵。給敬愛的雙親，畢恭畢敬方方正正貼著「二十四孝」圖，聊表心意。給小讀者的回信，除了可愛，必須有明亮色彩，小朋友收到時，會有一道陽光，躍入興奮的小小瞳孔。

歲末年初，總有當年度的生肖設計圖郵票，用來提醒自己或對方：「又是新的一年啦。」也不錯。趣味天真的兒童畫，我也收藏不少，創意大膽的線條與配色，真捨不得使用，於是，郵局買回來以後，我乾脆貼在自己的筆記本上，閒暇時可以欣賞，彷彿又再拜訪了一次美麗童年。

郵局裡偶爾有自動販售機，投幣進去，就有等值的郵票掉下來。這種郵票常被裝訂成一個小冊子，一頁頁翻動，像在閱讀一本迷你小書。如果在櫃臺購買，同樣的幣值與相同圖案，整齊排列成一大張，簡直像是「普普藝術」了；普普藝術是一種經常「複製相同圖案」的美術流派。買郵票，也在買一點點尋常日子裡的文藝氣息。

郵票迷們定期收集每期新品，小心翼翼的收藏在精美簿冊，不敢毀傷也害怕遺失。我不是，我的郵票必須活生生的來來去去，傳遞我對親朋好友的關心，我想，它們並不願意被深鎖在「郵票蒐集冊」中，不見天日。

每逢郵票盒子日漸空虛時，就提醒自己：「該買郵票了。」去郵局的路上，心情大好。因為，郵票使用率那麼高，正表示在這個世界上，我不孤單；有一群朋友們，願意接納我的歡樂與感傷，或僅僅是我的一點無聊。

2 讀與想

★題目說「我買的不只是郵票」，意思是：其實買的是什麼？

★整理一下本文中的「郵票使用」標準，比如寄給父母的，貼的是哪類郵票？

★從本文中，知道作者對「友情」這件事的看法為何？重視，還是其他？你從文中哪些地方得知？

3 這篇短文，示範了什麼？

★象徵，是用具體的物品或事件，製造抽象的效果；雖然看似與上一課的「轉化—形象化」類似，但象徵主要運用於：在一篇文章中，使用多個具體物，來營造出某種抽象情感、製造氣氛。與「形象化」單純的一物比一物不同。

★想表達某種情緒，可用看似無關的其他事物來寫，但運用的「其他事物」必須引發讀者產生效應。最簡單的例子是，如果寫自己最愛的花是玫瑰，效果會是讓讀者知道你重視愛情或渴望愛。因為大家都知道，玫瑰象徵愛情。

★選用的物或事，必須具有普遍的象徵意義，才能產生共鳴。例如本文以郵票當象徵物，郵票是寄信用的，尤其本文寫的用途，不是寄資料、報稅等公眾事務，是寄給朋友。所以雖然寫的是精挑細選郵票，但其實象徵的是珍惜友情。

★一篇文章，尤其是小說，可以運用多種象徵，包含時間、物品、顏色、角色、事件等。但是多個象徵，為的是達成一個共同目的。

★著名的小說例子，是德語作家卡夫卡的《變形記》——一天醒來，主角發現自己變成一隻大甲蟲。甲蟲的醜鄙、卑微，不討人喜愛，就是象徵主角對自己的認知。

★象徵跟比喻、比擬不同。比喻與比擬，是甲與乙之間產生關係，是二者之間的彼此參照。象徵通常是用具體的各種物、事，製造出某種抽象的效果。例如，若寫「白衣女子像一道白霧」是比喻；「白霧一般的女子」是比擬。若文章中有位總是穿著白衣的女子（但並不特別說她像什麼），可能就是用來象徵此女子有潔僻、或她是單純無邪。

★如果寫有情節的文章，比如小說，出現的事物，可讓它有任務（象徵作用），而非隨手想到而寫。例如我的小說《我是好人》中，有個角色成天把「暗物質」掛在嘴邊，「暗物質」是構成宇宙的物質中，那些看不見的，但是比看得見的物質其實多出四倍。也就是象徵：看不見的人際關係（不是那些表面形式），才是人與人彼此之間的重要運作能量。

★普通的作文與優秀的文學作品，最大的不同，就是缺乏「轉換」。比如，直接寫友情很可貴，與朋友在一起很開心，往往只能寫出平庸的記敘文。但善用文學技巧，比如本課示範的「象徵」，通篇沒寫友情，卻感受到滿滿的友誼可貴。經過文學技巧轉換，才更動人。

4 請你也寫寫看

• 以《變形記》為例，練習寫一篇〈一天醒來，我發現自己變成了……〉。

• 可先想選擇的物件，會帶來什麼象徵。比如，若寫變成烏龜，烏龜的特點是：躲在硬殼裡、行動緩慢；營造出的象徵，便是「我自己是個緩慢、喜歡自閉、自我保護很強的人」。若是寫「變成一朵玫瑰」，雖然美、萬人迷，但有滿身的刺，又象徵什麼？若是「變成一塊在海邊等待萬年的石頭」，意義又是什麼呢？

【參考題目】：〈**醒來後，我變成**〉、〈**其實我是……**〉。

practice

Lesson 12

預期

〈從 1 數到 10〉

這一課示範的重點是

「讓讀者帶著預期，知道情節將如何推演，於是願意讀下去，以測試是否真的符合原先的設想。」

〈從1數到10〉

讓我們從1開始吧。

在大雪紛飛的1座高山上；春日晴空的1片汪洋大海中；1個黑漆漆的夜晚，書店亮起了燈；或是，聖誕節前夕，1座無人的森林裡……

從1數到10，是我和孩子最喜歡玩的文學遊戲。方法簡單，我負責以1當開頭，通常是背景或角色、物件，要冠上單位。兒子接龍的句子，必須有2，女兒則接上3，依此類推。

於是，在開往遠方的火車上、在等待餐點上桌的館子裡、在睡前說完故事後，還想玩點什麼的時間空檔中，我只要一開口：「從前有1個白晰晰的女孩。」兒子便有默契的接話：「她有2個黑抹抹的小熊布偶。」女兒則是：「他們3個在紅通通的房間裡睡不著。」親子共處時，誕生了許多數字連結出的歡樂好時光。

曾經，我們合作完成了寫實搞笑的「日常生活版」：我有1個大書包，裡面有2本驚悚度破表的推理小說，還有3枝筆，等著寫東西，4張白紙，可以用來畫所見到的驚奇。我曾經花5分鐘整理我的書包，可惜6分鐘後它又髒了。老實說，我曾經7次忘了帶書包，希望不會有第8次，因為媽媽已經警告我9次，再來一次，她會10分崩潰！

也有浪漫風格的「童話版」：夏日裡，南風輕輕吹動，1隻小狐狸跑出森林。他到處問：「我需要2個朋友，有人願意認識我嗎？」3隻小白兔跳著跳著，從他面前快速通過。榕樹後4隻刺蝟大聲回答：「狐狸太狡猾，沒人會當你朋友啦。」可憐的小狐狸，孤單坐在樹下，唱啊唱：「我已經烤好5個蛋糕。」狐狸的歌聲很清亮，傳到6間房子外，房子裡的7個小矮人跑出來，高興的舉手說：「我也要！」原來是白雪公主很想吃甜點，但烤了8次都沒成功。於是9個好朋友一起坐下來，享用美味的蛋糕，一人一半，還剩下半個呢。窗外有10隻小眼睛，渴望的盯著半個蛋糕。誰是下一位幸運兒，能和白雪公主與小狐狸喝下午茶？

快樂往往要自己創造，就連簡單的從1數到10，也能數出一段新奇的想像，帶來平凡生活中的腦力大激盪。

★文中有兩段完整的「從1數到10」情節，請你為這兩段寫一句形容：「日常生活版」非常＿＿＿＿。「童話版」充滿＿＿＿＿。

★你可以在「我有1個大書包」與「她會10分崩潰」中，加入不一樣的「2到9」敘述嗎？試試能不能製造出相同的趣味效果，或產生截然不同的風格。

★文中的兩段完整情節，請就它的結尾，寫出這段故事的主旨，也就是傳達出什麼重點。例如日常生活版的主旨，可能是「主角是個健忘者」或其他＿＿＿＿。童話版主旨是＿＿＿＿。

★本文最後一段，總結出這個數字遊戲，是平凡生活中的新奇。你同意嗎？想想生活中，還有哪些片刻、哪些活動，也能創造出這種效用？它便是寫作的好題材。

3 這篇短文，示範了什麼？

★依據阿拉伯數字，從1數到10，是連五歲小孩都懂的順序。所以光是介紹此遊戲，它的可預測性（1之後是2、2之後是3），已經帶著讀者進入一種「我知道下一個是什麼」的熟悉感，廣大年齡層讀者皆能接受，具可讀性。

★預期之下，會有兩種結果，一是照著讀者原來的設想，但也可能完全不是。若是後者，便是意外，屬於另一種技巧。

★「可預測」萬一運用不當，也可能無聊、無趣，給讀者「老套、又是老哏、我早知道會這樣」的不良後果。所以，必須慎重選用。本文雖然在數字順序上，具可預測性，符合讀者期待，但在情節上卻因為加上不同名詞，產生未可知的情節，所以讀者反而期待「下一個數字會發生什麼」。

★可預測性，最好別用在結局。如果讀者從開場，便能猜到結果，便屬失敗。常見的品格故事類，若寫得不佳，便會因為可預測帶來反效果。例如如果一開始寫的是「某角色因為寂寞，想用錢買朋友」，讀者應該猜到「結論必是友誼無法以錢交易。角色最後一定被懲罰」。

不過，結局的可預測，不代表絕對失敗，可在過程中，展現其他文學效果，一樣帶來閱讀樂趣與收獲。亦即「就算你知道結論，但過程中你卻意想不到。」

★簡單的「從1數到10」，也可用來練習不同風格。如同本文示範了搞笑版與浪漫版。簡單的短文練習，是累積長文寫作的基礎，千萬別小看。

4 請你也寫寫看

• 找一種可預測的模式，比如本文是數字順序，或注音符號、英文字母、時間、年齡等順序。依此可預測模式，加入情節。

• 重點在鋪陳情節時，想想希望製造什麼效果？懸疑驚悚的，還是歡樂笑鬧的？最後結尾如果能點出這篇故事的主旨更好。比如範文中的「誰是下一位幸運兒，能和白雪公主與小狐狸喝下午茶？」帶出溫暖風格。

【參考題目】：〈下午1點開始的怪事〉、〈尖頭A先生有個鄰居B〉。

★要注意開頭的時空背景，往往決定接下來的情節演變，所以要想清楚希望的故事走向，來決定如何開頭。

★結尾可選擇「果然就是這樣」，連結果都可預測。或是「大大的出乎意料」，一路期待下來，最後卻大轉折。兩種不同效果皆可玩玩看。

practice

Lesson 13

框架

〈生活是一本帳〉

這一課示範的重點是

「開頭與結尾形成框架，框住內文；內文才是重點，框架是為了說明內文。」

〈生活是一本帳〉

有人說一天又一天的生活，總是吃吃喝喝、出門回家，睡覺之後起床。日復一日的流水帳，真無聊。

走吧。我決定和我的腳重新開始，再像從前一樣如膠似漆。我把公車卡收進口袋，穿上舒服的平底鞋，一步步走著。我終於看清家門口那棵欒樹上的鳥，是白頭翁。走到巷口時，買到了紅豆餅。在公園撿了滿滿手心的相思豆，想著可以寄給哪個朋友。走吧，走出去，又走回家。真好，我沒忘記怎麼走。

吃橘子的時候，感覺口中一粒粒的種籽，也算是橘子的「蛋」吧。不忍心將它如棄嬰般丟進垃圾桶，便隨口吐到陽臺的盆栽裡，讓一方沃土去「孵」。沒想到，它真的孵出來了！從土中一點點的抬頭，然後挺胸，愈長愈高。感覺我的嘴裡，真的會吐出一株株橘子，說不定還有一株株木瓜、藤藤蔓蔓的葡萄樹。我的舌頭忽然沁出一股鮮綠的清涼感。

看武俠小說要「配」薯條，這一點，有人就是不懂；薯條的飽足感，紓解了練武的緊張。看漫畫書，要配跳跳糖，陪我一頁頁的蹦著跳著，感受一格格的情節變動。看故事書，如果是喜劇，就配棉花糖；如果是悲劇，就泡一壺薄荷茶，緩解因哭泣造成的鼻塞。讀詩，配雞湯，詩一向有營養。看科學雜誌，配醒腦的原汁檸檬水。讀課本，配的當然是規規矩矩的白開水。

各位來賓，請以熱烈掌聲歡迎天后出場。乾冰，一定要有乾冰，製造仙霧繚繞的華麗氣氛。打開瀑布般的水幕當背景，氣勢磅薄。開場先唱哪一首呢，就從充滿原始野氣的鼓樂開始吧，我跟著強烈節拍晃動雙肩，搖頭晃腦，拿著麥克風，拔高音域，大聲唱出震撼舞曲。之後，再來一首抒情曲，緩和情緒。終場則大聲唱著〈吻別〉、〈忘了你〉。演唱會結束，我關掉水龍頭，披上浴巾，走出浴室。

年終的夜晚，沒親眼看到，但是聽到煙火了。雖然被大廈擋住，看不見它的舞姿，但是可以從聲音裡想像。長聲「噗——」，是一道白光刺穿暗夜；幾個短音「碰碰」，模仿熱帶雨林中最絢麗的花朵，傲然綻放。穿插的「嗤——」，該是無數仙女，手持仙女棒一般的，在空中熱烈大合唱。我關掉聒噪電視，聽著，聽著，「聽」的煙火表演也很壯觀。

有人說生活流水帳，無聊。我說，這本帳，以想像的彩筆，在帳本空白邊，畫上插圖，從此，一切變了樣。有花樣的生活流水帳，挺好看。

2

讀與想

★除了開頭與結尾，內文有五段。請為這五段，各設計一個小標題。
★開頭與結尾說的內涵一不一樣？主要是在說什麼？
★說說被開頭與結尾框住的五段內文，與框架（即開頭與結尾）有什麼關係？

3

這篇短文，示範了什麼？

★如果去掉開頭與結尾，其實也不妨礙內文。開頭與結尾都是在講生活是一本帳，形成一個「框架」，這個框架是為了說明內文，或開啟內文的發展，或加強內文的力道。
★雖然看似去掉框架也沒有影響，五段內文一樣可以成立為一篇完整的文章。可是，本文有了框架，才知道文章重點是在「加入想像，生活不無聊」。所以本文的框架，是為了說明、點出主題。

★有些小說會以看似無用的框架，來框住真正的情節內容。讀到這類文章時，便須思考這個框架的用途，如果無此框架，只有內文，效果一樣嗎？如此便知道這個框架的用處。

比如，日本小說《吹口哨的孩子王》，內文在講小時候一段往事，但是開頭與結尾是現在（已經中年的我）講的話當做框架。這是因為，要強調童年那段往事，形成了現在的我。所以這本小說運用的框架，也是為了說明與加強。

★大家比較熟悉的框架故事，是《一千零一夜》，王妃說故事是框架，她說的那些故事才是內文。這些緊張懸疑的內文，襯托出王妃為求生存，必須賣力編織想像的痛苦；所以，這個框架，是為了說明內文戲劇張力強的人生處境。

★與「框架」類似的，另有「戲中戲」寫法。就是一個主要故事中，又包含了數個小故事。比如小說《怪物來敲門》講的是男孩面對母親即將死去，召喚出怪物，怪物對男孩說了三個故事。戲中戲更強調主要的「外在故事」（男孩）與「內在故事」（三則小故事）彼此之間的濃密關係，缺一不可，無法單獨存在。不像框架，就算沒有框架也行（只是效果會不大一樣）。

★結尾有針對開頭，做出認同或不認同，也算是一種「呼應」。

4 請你也寫寫看

・仿照本文，也以「生活」為主題。先設定你認為「生活是什麼」，將這個設定寫成開頭與結尾。

・本文的開頭是「有人說」，結尾是「我說」；結尾否定了開頭。你可以先想想開頭與結尾的性質，是一樣，還是相反？比如，也可以寫成開頭主張「生活不無聊」，結尾再次確認「生活果然不無聊」。

- 在內文中舉出各種例子，逐一證明你的主張。

【參考題目】：〈我的生活是……〉、〈天天都是……〉。

practice

Lesson 14

懸疑

〈事情就是這樣〉

這一課示範的重點是

「製造懸疑情節，引起讀者好奇。懸疑可放在文章任何段落，效果各自不同。或是全文皆有懸疑，不明說解答亦可。」

〈事情就是這樣〉

楊欣是八年三班永遠考第一名的女生，林明是八年三班永遠考倒數第一名或第二名的男生。

事情發生在第一節數學下課。鐘聲響時，級任柳老師才轉身擦黑板，便聽見身後傳來一聲尖叫。回頭一看，楊欣桌上布滿水漬。林明正背對著她快步離去，手上拎著一個空瓶子。

教室其他同學全傻住了，大約過了十秒，才聽見有人大喊：「是林明，他往楊欣的桌上倒一整瓶水，課本都濕了！」

柳老師立刻請同學將林明抓回來。

楊欣默不作聲，低著頭，柳老師拿面紙讓她擦，她呆呆的坐在位子上，慢慢的抹乾。

林明被同學揪回來，柳老師要他給個說明。他站在楊欣身後，慢慢的說：「她知道為什麼。」

楊欣當然知道，所以沒有起身抗議；她連此刻應該做什麼反應好像都不在意。又過幾分鐘，她才站起來步向洗手間。

柳老師皺眉斥罵林明，開口卻弱聲弱氣，因為她覺得案情不是非黑即白這麼簡單，不敢把話說死，只能就重點批判：「喂，你把課本弄濕了，怎麼辦？」林明一聽卻開始簌簌掉淚。

大男孩掉淚，嚇得全班皆假裝沒事，一個個藉故低頭瞎忙，或乾脆走出教室。

一開始是這樣的。開學之後，楊欣便以資優生之姿，穩居大小各項測驗滿分寶座，成了全班共同默契中最討厭的人。本來也就是討厭，下課沒人理會罷了，但偏偏有個同學閒不下，帶頭惡作劇。

起初只是頻繁走過楊欣身邊，做出戴口罩動作，噘起嘴無聲的說唇語：「哪來的臭味？」再來有次放一面鏡子在楊欣桌上，然後大聲喊：「好像有句俗語說，什麼照鏡子，裡外不是人。」笑聲此起彼落。

楊欣通常不理會。她好像已經習慣因為優秀而被惡整，於是帶著一種固執偏偏要更優秀，也更不理人，將自己與一切的惡意隔絕開來。

最後是林明莫名的同情起楊欣。也許，劣等成績讓他有種也與全班相隔甚遠的感覺；他一向也被遺忘、被排擠、被嘲笑。於是，他下課時，主動幫楊欣拿便當去蒸。還會在楊欣一個人走廊低頭掃地時，也拎起掃把陪她掃著。

楊欣沒有感動，她一把搶回便當。在走廊也沒說話，沒表情，繼續掃地，連頭都沒抬起。她還不確定林明的用意，因此本能的抗拒與防衛著。

直到有一天，楊欣再也受不了了。青春期女孩，開始對外表極其在意。便服日那天，她在家精挑細選，穿了件鵝黃粉嫩色調上衣，對著鏡子微微一笑，覺得自己的白晰膚色搭起這上衣，挺美。

一到學校，卻遭無情的冷言冷語，當然來自背後。聲音低，但她還是聽得清楚：「有人穿得像燒餅。」

她無法忍受了。而她也太聰明了，知道可以小小的運用一下心理學，把惡作劇對象轉移到另一人即可。畢竟，青少年只是需要找個出口，發洩過多精力，這是心理學說的。

她開始走過林明身邊，故意做出扭曲表情，誇張的捏住鼻子、搧風，再假裝戴上口罩。她放一面小鏡子在林明桌上，大聲說：「送你，你很需要。」一走開時，還加上說明：「豬八戒照鏡子，裡外不是人。」

同學起初有點莫明其妙，但也跟著笑。反正日子無聊，需要找個目標，硬是笑出一點生機與樂趣也好。

林明沒笑。

放學回家路上，林明故意走到楊欣身邊，低低的說：「我是為你好，想當你朋友耶。你幹麼這樣？」

楊欣瞪大眼睛，她可不能放過這個好時機。楊欣大叫：「你要跟我做朋友？這種告白也太老哏。而且，你應該只是要我把功課借你抄吧？」

旁邊的同學無不捧腹大笑。

林明沒笑。

楊欣發現想轉移被霸凌的對象，未免太容易了。或許，她真的就是這麼聰明吧，她笑著想。

今天，是數學小考的日子。楊欣故意一早到校，便拿著參考書，走到林明座位，一臉無邪的問：「你可以教我第五題怎麼計算嗎？」

全班當然哄堂大笑。

楊欣開心走回座位，像個女王；如今，早已沒人記得她曾被排擠。直到第一節數學下課。

2 讀與想

★本文開始的時間，是在某日第一節數學下課，文末又回到開頭的時間。所以是以倒敘法來寫。請依時間順序，列出楊欣與林明在班上的人際關係狀況。

依文中的時間順序	人際關係狀況
某日第一節數學下課	林明被楊欣帶頭霸凌
開學時	
便服日之後	

★針對潑水事件，林明說楊欣「她知道為什麼」。你知道為什麼嗎？

★故事結束之後，你猜想未來會如何，誰繼續被霸凌，還是終止？

★文中出現的主要角色有：楊欣、林明、同學、柳老師。請說說你認為誰做錯、犯了什麼錯？

★本文敘述中，你比較同情誰？理由為何？

★你認為作者的寫作意圖，主要是想指責誰？或點出什麼問題？

3 這篇短文，示範了什麼？

★在文章開頭先說出事件的結果，且結果若是離奇一點，便有懸疑效果。

比如本文開始的畫面是「成績最差的學生，在優等生桌上倒一瓶水」，資優生卻沒有生氣，為什麼？引發讀者好奇。

懸疑處	可能效果	處理重點
開頭	讀者會想繼續讀	敘寫的節奏不能太慢，否則讀者一旦被激起好奇，會想快點知道實情。文章若太拖沓，讀者將會不耐煩。
文中	開頭原本風平浪靜，中途忽然出現怪事，有反差效果。	前半段必須與中途製造的懸疑，具有反差作用，更能激發讀者想追根究柢。例如原本乖巧女孩，某日忽然張牙舞爪的攻擊同學。
結尾	餘味無窮	將事件交代完，但不說後來如何，讀者會繼續猜測。但是與「留白」又不太相同。懸疑必須是事件本身具古怪性與選擇性、可評論性。例如本文最後，並未說清為何有潑水事件，等於開頭與結尾一路都給懸疑；留給讀者自行評論誰是誰非。

★懸疑效果，是刺激讀者閱讀欲望最簡單的方式。可以文章一開頭就有，也可以中途才運用此效果。

★這篇文章訂的題目是〈事情就是這樣〉，屬於中性，沒有評論、沒有說誰對誰錯，只是以旁觀者身份，平靜的敘述這件事。也因此，似乎在篇名就已說明作者的觀點為「人與人之間，很多時候是無奈的，就是這樣」。

因此，不妨試想，如果換別的篇名，作者的意圖、力道是否就不一樣？

★懸疑只是「引發好奇」，但事件本質可能是歡樂的、恐怖的、悲慘的……；寫作之前，也必須先決定以什麼角度來描寫。等於作者自己對此事其實有評論，但要不要將此評論，明白表露於文章，也可加以思考。例如本文，很明顯的，作者當然不贊同霸凌，所以在寫情節時，充分表露出事件本質的殘酷性。

4 請你也寫寫看

- 先找一個「結果」，再回頭開始講這個結果是怎麼來的？比如，開頭寫「全班只有我永遠不必上體育課」，便是一個不尋常的「結果」，有懸疑；讀者會想知道為什麼？
- 文章的結尾，要不要針對這件事的「後來、未來」給答案，也可考慮。給或不給，有不同效果。給答案，就是明確表達作者的評論；不明說，則將問題留給讀者自己判斷。

【參考題目】：〈我被這節課嚇到了〉、〈一個驚奇的禮物〉、〈他應該是外星人〉。

practice

Lesson 15

意外

〈牛頓怎麼了〉

這一課示範的重點是

「出乎讀者意料，

開啟讀者另類觀點。」

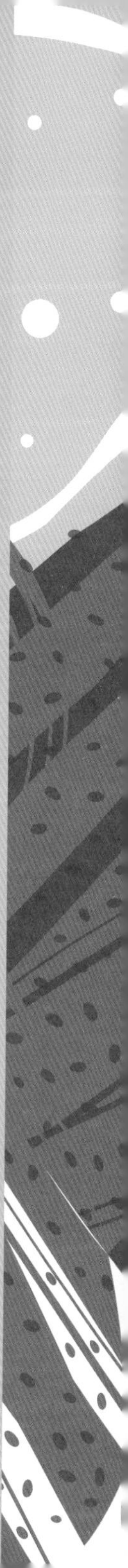

〈牛頓怎麼了〉

牛頓，是發現並證明萬有引力的偉大科學家，在物理學、化學、光學等領域，都有極大貢獻；他應該是不少人的崇拜對象。

但是，當我心中浮起「牛頓」這兩個字，想到的並非他坐在蘋果樹下苦思的樣子；也不是他廢寢忘食，對著自製的反射式望遠鏡，研究光的折射，那種努力求證的專心模樣。而是，這個人啊，到底怎麼了？

童年起便愛看書的我，閱讀胃口奇佳，什麼書都能讀，也都想讀。可惜當年專為兒童出版的書不多，僅有的讀本以勵志者居多，比如偉人傳記。那些教科書上豐功偉業的名人，在課外讀物中，為了增加可讀性，添加不少趣聞軼事。其中，尤其以《牛頓的故事》最好看！

書中說，牛頓做研究時，誤將懷錶當雞蛋放入鍋中煮。想必作者是為了凸顯他的專心一致，然而我看的當下卻大呼：「牛頓啊，枉費你身為科學家，竟然如此不謹慎，沒有小心行事。」

想想，場景如果換成是現代實驗室裡，根本就會被同伴笑罵「怪咖」吧。把懷錶當雞蛋煮還是小事，萬一是把有毒的化學元素，攪入咖啡中，一口喝下，說不定還幫大家泡一大壺毒茶，那還得了。

不僅如此，牛頓後來還跑去煉金，雖然號稱目的與巫師不同，純粹是為了化學研究，但最後也因為汞中毒而死，真是始終如一的「不謹慎」啊。儘管他提出一堆偉大發現，但故事書裡也揭曉他與平凡人一樣，做出不少糊塗事。我闔上書嘆口氣：「偉人畢竟不是神。」

抱著這樣的閱讀心態，讀到「華盛頓砍倒櫻桃樹」時，我自然也批評「想試斧頭，不會去砍柴？何必砍活生生的樹。」讀到發明大師愛迪生晚年有次工廠不幸遇大火，還樂觀的叫兒子把母親找來，說：「保證她以後再也看不到這樣的大場面。」我再度翻白眼，心想：「正常人看了應該會急昏或氣昏才對吧，愛迪生你是在歡樂什麼？」

因為讀出細節裡描述的偉人凡常，或古怪的一面，以致於讓我開始對所謂的聖賢心存懷疑。心想這些偉人不過是在某一個領域功成名就罷了，生活習慣或人際應對上，說不定比多數人還拙笨呢。

所以，我能崇拜誰呢？沒有人神聖到不犯錯、不可笑。可以說《牛頓的故事》是我的啟蒙書：啟發了我，從此不隨意崇拜人，就算是名人。

究竟，這樣的閱讀，讓我悟出人生重點，還是根本是一場誤讀？後來有一天，我又讀到牛頓說：「愉快的生活，是由愉快的思想造成的。」哎呀，這句話又啟蒙了我，覺悟到：「雖不必崇拜，也不必萬事猜疑。」

看輕所有人的結果，會變得疑神疑鬼，很難讚頌任何美好，這樣一點都不快樂啊！牛頓也許不是神，但他畢竟對世人的貢獻比我多太多了，不必崇拜他，但可以愉快的謝謝他在科學上的真知灼見。

我猜那些寫傳記的作家，一定沒想到有人是這樣小心眼的讀著故事情節。我的閱讀偏見害了我，還是讓我多一種觀看世事的角度？我其實沒有答案。但這樣的多讀多想，似乎也挺有趣的。

牛頓怎麼了？或許，是我怎麼了？牛頓可能不是怪咖，我才是。

2 讀與想

★文中舉的偉人事例，請你按照「古怪的強度」，依序列舉。比如，你覺得最古怪的是「愛迪生讚嘆火災是大場面」，→＿＿＿＿＿＿＿＿，→＿＿＿＿＿＿＿＿。

★你認為作者「因閱讀偉人軼事，而知道他也有弱點」，這個領悟是閱讀偏見，還是多一種觀看世事的角度？

★作者說自己不崇拜任何人，就算是名人；請從本文找出理由。

★文末作者說自己可能才是怪咖，所指的「怪」是怪在哪裡呢？

3 這篇短文，示範了什麼？

★意外與懸疑，能引領讀者好奇。而意外，比懸疑又多了意想不到的驚奇感。舉例而言，如果想製造緊張氣氛，場景若設定在轟隆隆月臺邊或有霧的墳場，有懸疑，但不意外。不過，場景若是清晨安靜的臥室床上，忽然睜開眼，出現一個滿嘴鮮血的小孩，這樣的反差效果，會更令人震撼，因為出乎意料。

★引發意外效果的前提，是讀者「本來以為是這樣」，因此，必須先製造預期心理，然後再打破讀者原本的預期。比如，本文的牛頓，一般讀者的預期是：牛頓很偉大。

★一般讀者對牛頓肅然起敬，因為他常被譽為「現代科學之父」。所以，本文從另一角度，寫他不那麼偉大的一面，便跳脫讀者原來的認知，帶來新的「看事情的視角」。

★為什麼要刻意寫牛頓平凡甚至有點愚蠢的一面，目的是凸顯「不論是誰，都有脆弱時刻」，不可能有完美聖人；寫出這一點，反而取得讀者對牛頓的些許理解與同情，說不定還會莞爾一笑：「難得糊塗！我也是這樣。」

★所以雖然出乎意料，但不是為反對而反對，所採取的另類觀點，也必須能取得讀者認同才有意義。正如文末寫的「牛頓可能不是怪咖，我才是。」試圖激起共鳴，意會到「你我皆凡人」。

★這類文章，揭發它的另一面真相之後，還必須有結尾。比如本文材料，結尾可以寫接受「事情一體本來就有兩面」，還是有別的領悟？或是將來你評論其他事，會有不同觀點；事件令人意外只是材料，必須對此發表你的看法，文章才有意義。

4 請你也寫寫看

• 從書上或新聞、電視節目等，找到一則讓你意外的資料。比如：大家一直以為小貓咪甜美無害，沒想到野貓殺死的鳥，數量多到間接造成某些動物滅絕。

• 這則材料必須具有比較強的對比效果，寫出來才有戲劇張力。例如本文的「科學偉人」與「汞中毒、慢性自殺的愚行」，形成對比。或是「可愛貓咪」與「滅絕殺手」也有對比作用。

• 此二者對比，必須都同時存在，並非推翻原有的認知。比如在人類、尤其寵物飼主眼中，貓咪是真的很可愛；但當牠回歸荒野，成了無情殺手也是事實。

【參考題目】：〈一本就夠了〉、〈落葉一點都不感傷〉。

★〈一本就夠了〉可針對作品必須「重質不重量」來談。一開頭可寫：許多知名作家年年有佳作，或是生前「著作等身」（意思是出版的書堆起來跟身高一樣），但是，也有作家一輩子只出版一本書，卻一樣偉大。例如美國作家瑪格麗特只出版一本《飄》，後來改編為電影「亂世佳人」，但一直被列為經典。

〈落葉一點都不感傷〉是針對樹而言，秋天落葉，才能確保好過冬；但人類眼中卻充滿悲傷。這類「大自然的正面」對比「人類賦與的負面感受」，文末可寫你贊同人類「多愁善感」，還是不以為然，還是有其他想法？

practice

Lesson 16

轉折

〈黑猩猩的一個春天〉

這一課示範的重點是

「讓情節產生始料未及的變化，

加強震撼度。」

〈黑猩猩的一個春天〉

森林裡的黑猩猩知道自己長得很黑，嘴唇很厚，鼻子太扁。這種長相在朋友的歡樂聚會時，很受歡迎，可以扮演小丑演搞笑劇；可是如果用來追女朋友，尤其是像白天鵝小姐那樣的淑女，就不太妙了。

那是春天快要結束的時候，當黑猩猩在湖邊一見到白天鵝，一雙眼就飛起來，飛過湖邊草叢，飛過碧綠的湖面，然後停在白天鵝雪白的頸子上，再也回不來了。當然，那一顆「碰痛碰痛」的心，也留在白天鵝優雅的羽毛間。

黑猩猩問自己：「白天鵝會喜歡我嗎？」他搖搖頭，自己回答：「不可能，她又不是瞎了眼。」

但是，那有什麼關係，只要每天到湖邊散散步，遠遠的看著白天鵝靜靜滑過湖面，黑猩猩就很快樂。夜裡，他對著星星哼歌、傻笑，腦子裡全是白色的影子。

不過，有件事他倒是覺得奇怪，為什麼湖邊這麼安靜？白天鵝難道沒有朋友？為什麼總是一個人在湖上慢慢游著？

他問森林裡耳朵最長、消息最靈通的兔大嬸，答案這才揭曉。原來白天鵝小姐是個瞎子，一生下來就瞎。所以，她不能跟著家人到處旅行，只能自己在湖邊過日子。

這是多驚人的消息，黑猩猩嚇壞了！從前，他曾經希望白天鵝瞎了眼，他才有機會接近她，不讓她看見自己的醜模樣。可是，他現在覺得，白天鵝怎麼可以是個瞎子？那麼美麗的白天鵝，居然有缺陷。

黑猩猩在湖邊看著白天鵝，靜靜的滑過湖面。他知道為什麼她的動作總是那麼慢、那麼優雅了，因為她看不見，她什麼都看不見。

這個發生在春天快結束時的故事，就這樣隨著春天結束了。黑猩猩又在朋友的歡樂聚會時，扮演小丑逗大家開心。所有的動物都指著他的扁鼻子、厚嘴唇、一身黑漆漆的毛，笑得跌在地上。

黑猩猩再也沒有到湖邊去。

白天鵝靜靜的滑過湖面。她不知道發生過這樣一件事；她看不見，什麼都沒看見。

2 讀與想

★請依序列出黑猩猩的內心感受，試寫出簡短的「黑猩猩內心獨白」。

★我好愛天鵝啊，但她應該看不上我吧！↓＿＿＿＿＿＿↓＿＿＿＿

＿＿＿＿＿＿。

★你認為這篇文章，充分說明了黑猩猩的本性是善還是惡？還是你另有見解？

★本文有兩處「劇情轉折」，請找出來。

★本文的情節轉折，皆跟「外貌」有關。從本文中，你認為作者對外貌的看法為何？

★文末讓白天鵝，從頭到尾都不知道曾經發生過一件與她有關的事。你認為作者為何這樣安排？

★轉折與意外有些不同：

・「意外」可針對事件、意見、評論來寫，寫成故事或散文皆可；且「意外」會在文章開頭便點出「本來以為是，其實不是」。

・「轉折」用於「情節產生始料未及的變化」，所以是用在情節類的故事或小說等。通常會先符合讀者的預期，但寫到文章中途，甚至快結束時，才急轉直下，走到另一岔路去，而非原來讀者以為會到達的目的地。

★故事要好看，最常運用的公式便是：開始→過程→轉折→結束→再轉折。亦即，一篇故事中，可以多次轉折。不像意外，只有一體兩面。

★本文也有兩次轉折。讀者原以為這應該是一則黑猩猩單戀天鵝的故事，在即將結束時，出現第一次轉折：天鵝根本不會在意外貌。故事至此，其實可以發展為黑猩猩終於可以如願，與天鵝在一起；但再度出現轉折：黑猩猩知道真相後，反而拉高自己姿態，不喜歡天鵝了。

★如果文章不長，可以一大一小兩個轉折，或是兩個轉折的影響力都一樣大，但寫的時候，只針對一個多所著墨，另一個輕描淡寫。不同寫法，會營造不同效果。說不定輕描淡寫的那個轉折，反而更讓讀者驚嚇。例如窮人忽然得到一大筆錢（轉折），卻轉身將錢扔進火堆（第二個轉折）；但寫到扔進火堆後，就結束，不對此轉折多加說明，讓讀者驚訝後，還能想很久。

4 請你也寫寫看

• 轉折是原本應該順理成章的走到甲，不料中途岔到乙，甚至最後還轉到丙。所以在前半段，一定要讓讀者認為「應該會走到甲」。

・常見的小說轉折，是全文都在鋪陳一個情節，但到快結尾時，才急轉直下。比如文章中的好人，終於被揭穿是惡人；或是壞人其實是好人。

・推理類的文章，如果多運用轉折，才會令人驚奇。

・一篇文章可以有多個轉折，但轉折也分「大、小」，敘說時可選擇要在哪個轉折點上，加以強調，增加力道。

【參考題目】：〈搭錯車〉、〈那一天，我拿錯書包〉。

★〈搭錯車〉會到達哪裡？途中如何發現搭錯？心情與結局。〈拿錯書包〉也可改為誤拿、誤領、誤認了別的事物。

★設計一下要出現幾個轉折。如果只有一個，最好放在結尾。

practice

Lesson 17

對照

〈回家〉

這一課示範的重點是

「先以與主題相離較遠、甚至相反的情境，以便襯托出最後要表達的主題，對照出主題的可貴。」

〈回家〉

有一隻小貓，覺得自己很幸福，因為他有十個家。

每天早上，他走到第一個家吃早餐，有香噴噴的肉丸，清涼的水，一面吃一面聽鳥籠裡小鳥兒在歌唱。第一個家，好飽。

接著，他摸摸肚皮、舔舔手，走到第二個家；那兒的主人抱起他，捧著柔軟的毛巾，幫他洗臉，洗好臉，覺得真清爽。他在乾乾淨淨的地板上，追蹤牆邊一隻螞蟻，他叫了一聲：「別跑！」主人連忙奔過來，一把捏死螞蟻。

該走到第三個家了。他進入有點暖、又不至於太熱的屋子，先在桌腳磨磨臉，然後跳上沙發休息一下。沙發上的主人正在看電視，不會吵他。

在第四個家，他會跳上高高的窗臺，欣賞窗外風景。第四個家的主人更不會打擾他了，因為不在家。小貓習慣從半掩的後門鑽進來。

第五個家，可以吃一頓份量很夠的午餐，因為主人也是個食量很大、胖乎乎的人。一個大碗裡，裝滿許多魚肉，還加了小貓喜愛的小麥草。小麥草也是大方的鋪滿另一個碗，可以大嚼特嚼。

在第六個家，他與主人一起躺在微涼的杉木地板上睡午覺，主人睡得好，翻了個身，規律的打呼，小貓也在旁呼嚕呼嚕。

在第七個家，小貓與另外三隻小貓玩毛線球。在第八個家吃晚餐，不過，得注意禮貌，必須規規矩矩的在屬於他的小碗吃，不可以偷嘗大碗的食物，那是小狗的。

到了第九個家，小貓打起瞌睡來，在外散步一整天，其實有點累。他窩在一張椅子邊，瞇起眼，看著窗外的月光，真美，就像主人畫的圖那樣美。第九個家的主人是位藝術家，也為小貓畫了不少張圖。

然後，小貓在半夢半醒之間，覺得身體離開地面、慢慢升高。原來是有個小男孩把他抱起來，親了親他，小聲說：「你該回家了。」

小貓想了想，明白了一件事；讓他覺得幸福的，不是有十個家，而是有最後一個家可以「回家」。他將回到那個真正的家，屋裡的小男孩，專屬於他，他也專屬於小男孩。男孩會抱著他、陪他玩、陪他想事情，然後，給他一個晚安親親，於是，小貓可以安心做著世界上最甜的夢。

2 讀與想

★請列出第一到第九個家中，主人對小貓的態度。例如：第一個與第五個家，主人只是負責餵飽小貓。

★為什麼第一到第九個家，寫的是「主人」，第十個家，不說主人，而是小男孩？想想文中刻意使用這兩個名詞，有何用意？

★你明白小貓最後的領悟到真正的幸福是什麼嗎？為何前面九個家，都不算真正的家、沒有真正的幸福？

3 這篇短文，示範了什麼？

★對照，意思是以「不那麼好的甲」來襯托、對照出「乙的好」。所以，主題其實是要寫乙，但是先寫甲，讓讀者有個參考體，可以對比出乙的優點。也就是，甲只是用來對照之用，比如本文「第一到第九個家」，只是用來對照出「第十個家」才是真正給與小貓幸福的家。

★對照，意味著至少要準備兩種以上的寫作材料。或是本文一口氣用了九個對照，以襯托出最後真正的那個主題。

★最簡單的寫法，就是先寫一個背離主題的事例，再寫符合主題的事例，一對照之下，便知誰比較好。例如日本圖畫書《好朋友專賣店》，小狐狸想找朋友，於是做起「好朋友出租」生意。首先購買的是大熊，但是小狐狸與這個「金錢交易」來的朋友，玩得好無奈；接著再寫一隻大野狼，沒用錢買，反而與小狐狸玩得很開心。前後對照之下，不必寫結論，但已經明白主題就是「真正的友情是金錢買不到的」。

★本文的第一到第九個家，並非絕對的「不好」，因為也有提供飽暖、睡覺的地方。所以，真正的主題就是「家，並非只提供溫飽而已」。

★因為是要凸顯出最後的主題，也就是作者自己的價值觀，所以不見得與其他人的意見一致；有些價值觀的選項其實沒有標準答案。比如，也可以寫成「有溫飽，才是幸福的家」，只是，你必須提出很有說服力的例子。

4 請你也寫寫看

- 先確定主題，再準備與主題「一反一正」的事例，也可以多準備一些反例，製造更強烈的對照效果。
- 先寫反例，再寫正例。比如〈真實與謊言〉，可先寫幾個說謊的情境，最後寫「說實話，才終於卸下心裡重擔」，亦即你的主題是「說實話最好」。
- 對照的反例，必須合理，不可為了製造效果，故意寫出根本不合常情的例子，這樣反而讓讀者覺得做作，失去說服力。比如，若要寫「說實話最好」，舉的反例是「因為怕被媽媽打死而說謊」，在現今家庭中，就顯得很虛假，因為現代父母不會如此虐待孩子（除非極端的特例）。

【參考題目】：〈一定要贏嗎？〉、〈一個人也不錯〉、〈最好的母親節禮物〉。

practice

Lesson 18

寓意

〈凌晨四點〉

這一課示範的重點是

「在文末加上明白的寓意。」

〈凌晨四點〉

「從床上看，鬧鐘的確是訂在四點沒錯。」

凌晨四點，是作家卡夫卡著名的小說《變形記》中，主角每天起床的時間。這個時間，也出現在少年小說《數星星》裡：「安瑪麗這一夜沒睡好，古老時鐘告訴她：四點剛過。」

不只如此，諾貝爾文學獎得主、波蘭女詩人辛波絲卡有首詩，篇名便是〈凌晨四點〉，前三句是：「日與夜的交替之間，輾轉反側的時刻，三十歲的時刻。」

如果查字典，與凌晨相似的詞有：破曉、拂曉、黎明。多數人在凌晨四點，應該還在睡夢中吧。是因為作家偏愛這個萬籟俱寂、眾人皆睡我獨醒的時刻，還是作家覺得，暗黑中開始有一絲光明即將誕生的凌晨四點，意義非凡？

文藝作品中有關時間的敍述很多，偏偏有個人注意到凌晨四點出現太頻繁，真有趣，他是美國作家里夫斯。帶著作家的敏銳度，里夫斯開始收集各式各樣的「凌晨四點」，結果發現除了在書中，這個獨特的時間，也在各種表演形式中扮演重要角色。

舉例來說：美國總統柯林頓的自傳，寫著他與幕僚準備就職演說講稿，直到凌晨四點；科幻電影「第三類接觸」，凌晨四點時外星人現身；它也是加拿大一部影集的名稱、一部英國電影的片名、三首英語歌曲的曲名，負責電影007的配樂大師，他有張演奏專輯也採用凌晨四點這個名稱。動畫與漫畫的對話裡，這個時間點更是不計其數；有一年英國還統計出，最多嬰兒出生的時刻就是凌晨四點。

於是，里夫斯決定做一件事：在網路成立「凌晨四點博物館」，歡迎世界各地的人，將凌晨四點的相關實例上傳，供所有人欣賞。在這個線上虛擬博物館，我果真見識到無數的事例。不可思議之外，再度印證世界不缺新奇、只缺發現；只要有心，就連普通的時間點，都能成為趣味橫生的話題。

下次，當我無意中發現一樁妙事，也該仿效里夫斯，用心尋找，讓神祕種子，茁壯成一棵絢麗大樹，不但增添樂趣，也是化平凡為不凡的一種認真態度。

2 讀與想

★把文中舉的例子加以分類。

練習如何分類，對以後寫文章有幫助，知道一篇文章需要收集不同類型的資料，以及如何適當的分配在文章中。

★你同意這篇文章最後說「化平凡為不凡，是認真的態度」這個結論嗎？同不同意，都請說出有說服力的理由。

3 這篇短文，示範了什麼？

★如何將資訊歸納、精簡為一篇總結報告。

・不要呆板的將資訊一一列出，會淪為無趣的產品目錄。

・先舉出幾則有故事情節、具懸疑效果、最好是大家比較熟悉的實例，以引起讀者好奇。比如本文中，舉的是知名的經典小說《變形記》與《數星星》，而諾貝爾文學獎，更是舉世皆知。

- 在介紹主要角色出場前，可先說說自己的看法。比如，本文寫了自己對「凌晨四點常常出現」的疑惑，再寫里夫斯也因為疑惑，而開始收集。這種寫法，比較能製造出讀者「我也想知道為什麼」的同理心。

★將有意思的資料報告完之後，必須提出因為這份資料，帶給自己將來的啟示與助益。比如本文寫的是：以後也可將一件無意發現的小事，發展延伸出有趣的大事。否則，讀者讀完你這篇文章，又有何用？

★這篇文章，示範的重點在於它有「寓意」：

- 「寓意」指的是一篇文章之末，明白的說出自己寫本文的目的，像「寓言」一樣，告訴讀者自己對這件事「認定的意義」。
- 並非每篇文章，都必須在文末提出寓意，那就太像老師指導學生，反而引發閱讀的壓迫感。本文可以這樣寫，是因為文章的重點，放在有趣的資料呈現，也就是「凌晨四點博物館」本身便是一則新鮮話題。而結尾說自己「將來也可這樣做」，會讓「言之有趣」之餘，也言之有理。

4 請你也寫寫看

- 找一件你覺得很妙的事，當做起點，收集相關資料。
- 將找到的資料分類，可依時間順序，或依地點，或其他。
- 寫作時，想想如何安排先後次序。可仿照〈凌晨四點〉這篇文章，先說幾個會引發別人興致的實例，再穿插自己看法，最後提出寓意。

【參考題目】：〈原來一切都是誤會〉、〈一顆平凡的糖果，其實不平凡〉。

★〈原來一切都是誤會〉的寫法舉例：

你知道嗎，媽媽說的許多生活智慧，其實是錯的！例如：媽媽說飯後要立刻刷牙，但是根據我收集到的醫學資料，證明飯後不該立刻去刷牙，因為……。

所以，以後如果有人告訴我：聽說……，我一定會加以求證，不隨便相信。

★〈一顆平凡的糖果，其實不平凡〉寫法舉例：

剝開包裝紙，把一顆糖果丟進嘴裡，這麼簡單的動作，這麼隨手可得的食物，誰都不會特別注意它有什麼不平凡吧？可是……

所以，當我下次再拿起一顆糖果，我一定先想想它的整個製作過程，得經過多少雙勤勉的手。

practice

Lesson 19

誇張

〈獅大王〉

這一課示範的重點是

「以荒謬的喜劇效果，

達成文章意旨。」

〈獅大王〉

雨水豐沛的草原上，獅大王躺在樹下睡午覺。忽然，聽見首相大臣長臂猿急急忙忙的聲音：「報告大王，接到一封緊急電報。」

獅大王氣得醒過來：「我不是吩咐，睡覺時不准吵嗎？睡眠不足會影響發育、皮膚乾燥、氣血混濁、視力減退；你你你你，罰青蛙跳。」

長臂猿哪會青蛙跳？所以只好由一旁的青蛙代替他跳。

「報告大王，實在是非常重要的事，你一定要真的醒過來聽清楚。」為了證明獅子王沒有繼續打瞌睡，首相大臣只好馬上進行智力測驗：「大王，一加一等於多少？」

「大膽！森林之王不必回答。」獅大王用洪亮的嗓門大吼一句。

首相點點頭：「很好，標準答案。」然後他趕快將那封電報念給獅大王聽：「為了促進世界和平，增進友誼，訂於明年舉行『國際動物聯合大會』，邀請森林之王、海洋之王、河流之王、山洞之王……等各地的『王』參加。會後並有抽獎，獎品豐富，敬請準時蒞臨。動物之友協會敬上。」

獅大王一面聽一面打瞌睡，聽到「獎品豐富」才醒過來，然後很威嚴的下達指示：「很好，很好，這種『饑餓五十』的活動非常有意義，可以在最短時間內達成減肥效果。很好，很好。」

首相大臣知道獅大王根本沒聽清，只好再念一遍。

獅大王這回明白了，很興奮的說：「你瞧，這封電報把『森林之王』排在第一個，可見他們很重視我。趕快回電，說我會參加。對了，順便打聽一下，第一特獎是什麼？會不會是高級洗髮精？我正好用完了。」

其實，發出去的電報如果是給「海洋之王」的，就會把海洋之王寫在第一位；「動物之友協會」很懂事，也很怕事的。

但是，令獅大王煩惱的問題來了，他找不到像樣的禮服穿。「這種國際會議，如果不穿得光鮮體面，還能叫『王』嗎？」

於是，首相大臣命令森林裡唯一出國留學的服裝設計師——金錢豹，要他盡速幫大王設計一款禮服。

現在換金錢豹煩惱了。獅大王那種身材，又肥又胖，而且又頂著一頭亂七八糟的蓬髮，任何一套禮服穿在他身上，都是對設計師莫大的羞辱。所以，他只好去找森林裡唯一出國留學的整型醫師——羚羊。

這回換羚羊煩惱了，如果要幫獅大王雕塑身材，除了要抽脂、控制飲食，還要加上換膚、蒸氣治療、香精按摩；而獅大王的身材又是最難成功的「西洋梨、葫蘆瓜、木瓜、蘋果」等等的綜合體，全部療程起碼要兩年。而且他還得到「死海」去挖黑泥，以改善鬆垮的肌肉，來回也得兩年。怎麼說，都沒辦法讓獅大王在短時間就改變身材。想了想，他只好去找森林裡唯一出國留學的文學博士——土狼。

土狼聽了，一點兒也不煩惱，他說：「簡單，我們請獅大王穿『國王的新衣』。」

長臂猿首相、金錢豹、羚羊都沒聽過這個「限制級」的童話故事（因為有「三點全露」鏡頭），所以，土郎只好從頭說一遍。

大家聽了，都覺得很殘忍，不過，也很好玩，反正獅大王本來就沒有穿衣服的習慣。因此，在首相的安排下，他們就照著故事演一遍，讓獅大王以為自己真的穿了件高貴的禮服——雖然沒看見。

不過，獅大王終於忍不住了。有一天，他跑到湖邊，對著湖面東看西瞧，就是看不出來自己身上有什麼。他嘆了一口氣，自言自語：「老啦，眼睛不行了，啥都沒看見。」為了保住森林之王的威嚴，他立刻宣布退休，讓年輕的小獅王繼位。

小獅王很不滿意的說：「這種繼位方式太無趣了，沒有謀殺，沒有流浪，沒有決鬥，也沒有主題曲。唉，太乏味了。」

長臂猿搖搖頭：「真搞不懂這一代的新新獅類，竟然覺得日子過得太舒服。」為了滿足小獅王，他只好花一大筆錢，聘請「動物之友協會」幫忙，請電影公司拍了一部「有謀殺、有流浪、有決鬥，更有主題曲」的電影，播放給小獅王看。這下子，他才高高興興的繼承王位，天天躺在雨水豐沛的草原上睡覺。

2 讀與想

★根據文中對獅大王的描述，你會以什麼形容詞來說獅大王這個角色？

★列出文中哪些地方的描寫很誇張？並說明這些描寫，給你什麼感受？

★找出三個文中誇張點，試想作者這樣寫，是想營造出什麼效果？

★本文的諷刺意圖是：已經又富又貴的人，還是很貪心；或是地位高不代表聰明？還是其他？

3 這篇短文，示範了什麼？

★誇張，也可說是誇飾、戲劇張力強，以一種超乎常理、極其荒謬的手法，呈現出喜劇效果。通常，誇張是為了強調作者想凸顯的主張。所以，較常用於諷刺、反諷類文章。

★誇張會帶來喜感，不過，不見得只能用於喜劇。悲劇，也可用十分誇張的反諷方式，凸顯出事件的可恨、可惡、可憐，引發悲劇效果。

★雖然誇張可以發揮想像力，寫出種種不可能，但不代表可以亂寫。故事內部的邏輯必須存在。例如，本文的老獅王因為穿的是「國王的新衣」，誤以為眼力差、看不到衣服，所以決定退休。運用「國王的新衣」這個「其實根本沒穿」的典故，便合理，若改成穿的是名牌大衣，情節就無法順利推衍下去。

★誇張，不僅是為了博得趣味效果，重要的是有寓意。通常是先決定寓意為何，比如想嘲諷「人云亦云、沒有主見的人」，再針對此特點，塑造一個符合此特質的誇張丑角。

4 請你也寫寫看

- 想一個誇張的題材，但本意是為了諷刺、具警世作用。可從你曾經見過、或經歷過的真實人物、事件來發想。比如，在市場遇過一位什麼都斤斤計較的人，便可寫成「帶顯微鏡出門、少零點一公分都不行」的人。或是認識一個不斷佔人便宜的人，什麼事都不願自己出錢出力，便可寫成「下一次先生」，任何狀況他都要「下一次我再付、下一次我再做。」
- 設計事件，讓此角色在事件中有行動、有說話，而且要誇張。讀者便能從他的荒謬言行中，會意一笑，引發共鳴。

【參考題目】：〈自以為是小姐〉、〈守規矩先生〉、〈自稱地球之王的人〉。

practice

Lesson 20

選擇

〈十歲國〉

這一課示範的重點是

「在結尾時提供數個選項，

讓讀者選選看。」

〈十歲國〉

有個國家叫做「十歲國」，十歲國的人，一出生就是十歲，天天都是十歲，一直活到一百年才死。死的時候當然也是十歲。

曾經有一個十歲人問另一個十歲人：「為什麼我們是十歲，不是五歲，或五十歲？」

十歲人回答：「因為根據全國的老師、科學家、心理學家、醫學家們的研究報告，十歲是一個人最快樂的年紀。所以我們是地球上最幸運的人，我們可以每天都過著十歲的快樂生活。」

全國的老師、科學家、心理學家、醫學家，當然也都是十歲。

至於為什麼十歲最快樂？何必管那麼多，只要負責快樂就好。

每天醒來，十歲人快樂的喝牛奶、吃麵包，快樂的揹書包去上學。如果上課時有一點不快樂，也沒關係，因為下課時又可以快樂了。然後快樂的回家。

本來十歲國的人都覺得日子過得挺不錯。因為每天都是十歲，做著十歲該做的事，於是每天起床，會忘記前一天是怎麼過的。既然都一樣，就不必記得啊。

十歲國的人都得了遺忘症，對前一天的事完全不記得。當然，連「他們得了遺忘症」這件事，他們也遺忘了。

有一天，有個人因為看見一隻貓咪媽媽生下小貓，他覺得剛出生的五隻小貓好可愛，便決定幫他們取名字：一、二、三、四、五。為了怕忘記，他回家後，趕快在從來沒寫過的空白日記本上，寫下這件事。日記本就放在床邊，他明天一起床，便能記得這件事；他很想再去看看貓咪。

第二天，當他抬頭看著天空時，發現天上居然有五朵很像一、二、三、四、五的白雲，形狀就跟小貓咪一樣。他決定這件事也必須寫在日記上，以免忘記。

這個為貓咪寫日記的十歲人，覺得自從寫日記後，好像愈來愈快樂。每天為了記錄這一天發生的事，他出門會更細心觀察四周。

有一天，他不寫了，改用貼的。他把出門看見掉在地上的東西貼在日記上：黃色尖形葉子、綠色圓形葉子、三角形小筷子、印滿愛心的紙、鳥的羽毛。為了找東西貼，他上學途中會左看右瞧，不像以前，只知道一直往前走。

隔天起床，他翻翻日記，想著：「今天我要找不一樣的東西。」他打開門，張大眼睛，看看樹上會掉下什麼，地上會長出什麼，好忙啊，他覺得比從前的快樂，還要快樂一百倍。

其他的十歲人開始學他，有的人用寫的，有的人用拍照，再印出來貼。有的人用畫的，有的人用說的，再錄影下來。

十歲國的人，已經忘記他們應該「遺忘」。因為所有的事都寫下來、畫下來、拍下來、印出來，不會再忘了。

還有一天，有個十歲人的日記，被大家不斷流傳。他寫的是：「今天我看見一隻蜜蜂，我在想：蜜蜂最快樂的時候是幾歲？」

原來，日記也可以寫「想」。於是，大家更快樂了，每天都想著，可以在日記裡記下什麼「想」？

直到後來，第一個寫日記的人發現他起床時，長出鬍子。「我的天啊，我不是十歲，我超越十歲，我比十歲老了。」

忽然，他呆住了。「如果十歲是快樂，那個已經不是十歲的我，現在應該快樂還是不快樂？」他不知道答案。

沒想到，其他人也開始老了。有的變成十五歲，有的變成五十歲。還有人變成整數一百歲，然後快樂的死掉。

「你怎麼知道他是快樂的死掉？」第一個寫日記的十歲人問我；我是負責寫這篇故事的人。

我說：「活到一百歲，當然快樂。你又怎麼知道他不快樂？」

總之，十歲國消失了，現在成為普通國。普通國的人到底快不快樂呢？

2 讀與想

★第一個寫日記的十歲人，是什麼理由讓他非寫不可？

★本文不斷出現對「快樂」的不同定義，請統整一下，可加上自己的看法。

時間	對「快樂」的想法
開始時的十歲國	不必管那麼多，負責快樂就好。 我的看法：對有些人來說，懶得想也是快樂的。
寫日記的十歲人	為貓咪寫日記、記下他每天的新發現。 我的看法：
在日記寫「想」的十歲人	我的看法：
開始比十歲老的人	他開始懷疑「快樂」應該是什麼？ 我的看法：

★本文最後提出的選項是什麼？是「普通國與十歲國，哪個快樂？」還是別的？

★身為讀者，你的答案又是什麼？請至少提供兩個理由來支持你的選擇。

3 這篇短文，示範了什麼？

★不論是故事或散文敘述，皆可在說完後提供數個選項（通常是二選一），讓讀者想想這篇文章末說的總結為何？但保持曖昧，不明說作者自己的答案，讓讀者自己選。讀者在猜測中會不斷回想，製造餘味無窮的效果。

★提供的選項可以曖昧一點，任何選擇都有可能，更添加讀者「想破頭、左右為難」的思考趣味。

★本文提出的選擇，屬於二選一，問讀者「人應該永遠停留在快樂十歲，還是當普通人」？其實，應該也有讀者會進一步再往下深思「快樂應該是什麼」。

★既然本文結尾提出的問題是「快樂的定義」（知道定義，才有辦法選），所以在故事中，就必須先提出幾種不同的狀況來描述快樂。

★末段，讓作者本人也出來與故事角色對話，這算是一種簡單的「後設」

寫法）。製造「大家都來想吧。你瞧，連作者本人也加入」的氣氛。

★一段又一段對快樂的不同描述，等於不斷在這個問題上，逐漸加溫，加強讀者對這個問題的思考興趣。也就是，為了強化讀者對這個問題的參與熱度，就必須在整篇文章中，集中火力的鎖定這個主題來寫，反而不要岔開，加入不必要的其他情節。

4 請你也寫寫看

- 想一個人生最常遇到的兩難選擇題，當做你文末要提出的選項。
- 針對這個主題，寫出至少三個以上的狀況。三種情境都圍繞著這個選擇題，但最好分別屬於不同選項。
- 在敘述這些狀況時，不必刻意寫出「因為選這樣，所以得到某種結果」，只要講出選擇即可；就算有寫出結果，也不必針對此結果評論

〈說它好或壞〉。否則，等於你暗示了該有的答案。

【參考題目】：〈快一點還是慢一些〉、〈任何煩惱，明天再想？〉、〈抬頭與低頭〉、〈長大好還是童年好〉。

★想出來的事例，發生在自己或他人身上皆可，可找找傳記或名人的新聞報導，會有許多可用材料。平時也可收集這類材料，集中在一個檔案中（比如〈名人名言〉、〈名人事蹟〉）。

★舉的例子要均衡分配，各自屬於不同選項，不能集中在一個選項。比如〈抬頭與低頭〉中，可以寫「有人是低姿態、謙卑而得到成果；有人是高姿態、不肯低頭而成功」。

★最後提出選項，問讀者「甲或乙，哪個好？」之後，也可以說說自己的選擇，但語氣要有彈性，莫讓讀者認為你在指導答案。

practice

Lesson 21

留白

〈這是一道奇怪的規定〉

這一課示範的重點是

「在文中或文末沒有明確答案或結論，留下空白，讓讀者自己想。」

〈這是一道奇怪的規定〉

「哎呀！」大清早，貓大哥和貓小妹與貓小弟約好在貓村舞蹈公園練跳舞，哪知道，一踏進草坪，貓大哥就被一顆大球絆倒。

貓小弟不客氣的大聲責罵：「這個公園明明禁止玩球。」

是啊，公園入口的牌子寫得很清楚：「一、請不要帶球進來玩。二、請不要在公園裡發呆。」

貓村裡的人如果想發呆，都知道要到另一個安安靜靜的「發呆公園」去。舞蹈公園是給人跳舞的。

「這個規定不公平！」大象先生走過來，長長的鼻子用力吐氣。原來，這是他的球，顯然，剛才他偷偷在舞蹈公園裡玩球。

貓小弟指著大象鼻子說：「這個規定很合理。如果有人在這裡玩球，會把所有的花兒、草兒、鳥兒、昆蟲等等都嚇跑。這樣，對他們不公平。」

如果想玩球，就該到另一個「玩球公園」才對。

貓小妹安慰大象：「我們正要聽貓大哥講早安故事，一起聽吧。」

不論哪座公園都有個共同的規定，那就是：可以講故事、聽故事、寫故事。貓村裡的人都覺得故事很重要。

他們坐在草地上，清晨的風吹拂過臉頰真舒服，像被風洗得乾乾淨淨的。貓大哥瞇起眼睛，輕聲說：「我們好幸福，公園的規定其實很容易遵守。」因為，他今天要講的故事，跟一個奇怪的規定有關。

「有一位士兵，被派到一座小島上服役。戰爭已經讓人整天緊張擔心，更糟糕的是，軍隊裡的長官非常不講理，不但對士兵們要求嚴格，還訂下一些根本不合理的規定。」

貓小弟問：「該不會是規定不能在小島上跳舞？」

大象先生也問：「可能是規定不能在島上玩球，怕被敵人發現。」

貓大哥搖搖頭說：「最不合理的一條規則，是第22條軍規。」

「哇，第22條？這麼多。該不會總共有一百條規定吧？」貓小妹吐吐舌頭。

因為士兵都不想負責開著軍機，到敵人的領空去丟炸彈。於是，總有人想要假裝生病，無法出去執行任務。所以這道「第22條軍規」，便規定：「如果你已經精神錯亂，就可以提出申請，不必出任務。」

可是，如果你能自己提出申請，就表示你神智清楚、很正常，根本沒有精神錯亂啊。

聽故事的三個人一齊大叫：「不公平！不合理！」

大象先生氣得鼻子又吐氣了：「這條規定是騙人的，因為永遠不會有人合乎這個條件。」

貓大哥解釋：「世界上有些讓人想破頭的問題，主要都跟邏輯有關係。比如第22條軍規，就是起初看好像沒問題，但其實根本不合邏輯。」

能夠提出合理的、可以有效證明說法的，就是合乎邏輯；否則，就不合邏輯，自相矛盾。第22條軍規，就自相矛盾。

大象先生的鼻子舉得高高的，直說「好難懂！」

貓大哥於是再舉例：「如果我說：所有的貓咪都會死，因為我是貓咪，所以我一定會死。這段說法，便是合理的、有邏輯的。」

貓小弟連忙叫出聲：「不要講死啦，不吉利！」

反過來說，如果有人主張：「貓咪是動物，大象也是動物，所以貓咪就是大象。這段說法就不合理，不合邏輯。」

大象先生覺得真有趣，也練習說了一段邏輯：「所有的大象先生都很帥，因為我也是大象，所以我很帥。」

貓小妹搖頭：「所有的大象都很帥，這一句又沒經過證實。」

貓小弟安慰大象先生：「我姊姊是懷疑論者，對什麼事都很懷疑，不輕易相信，你別理她。我認為你很帥。」

大象先生笑了，一把捲起貓小弟，快樂的說：「別管奇怪的規定，我們來跳貓咪與大象的搖擺舞吧。」

2 讀與想

★為什麼「所有的貓咪都會死，因為我是貓咪，所以我一定會死。」這句話沒問題，但是「所有的大象先生都很帥，因為我也是大象，所以我很帥。」這句話不能成立？問題在哪裡？

★本文留下的空白，是「第22條軍規」引發的「沒有解答」思考。除此之外，文中還有哪些地方，你覺得也可以拿來討論？

★如果只有少數人覺得某一條規定不合理，算不算真的「不合理」？合不合理需要多數人認定嗎？

★想想這些論述：「我唯一的缺點，就是沒有缺點」；「我這人從不說謊，只在需要時才說謊」；「為了讓世界和平，所以發動戰爭打敗不想和平的國家」，究竟矛盾點在哪裡？

★世界上真的有不少無解的問題，怎麼辦？遇到沒有答案的時候，你認為態度應該是「算了，只好接受」，還是「再想想，說不定可找到答案」？從本文結尾，你讀得出作者的態度嗎？

3 這篇短文，示範了什麼？

★留白可包含「開放式結局」，亦即沒有結局；一篇故事沒有結局，讓讀者自己猜「後來怎麼了」是最常見的手法。比如，美國小說《美女還是老虎》，被處罰的男主角，後來選擇的門，打開後是美女還是老虎，或有其他可能？之後與公主的人生會如何發展，也完全沒說，讓讀者留下猜測。

★留白不僅止於「開放式結局」，也可以在全文中，製造很多的「空白」（不見得只在結尾）。簡言之，就是不要把「想說的」全部說到滿，但隱約中有鋪出一條路，吸引讀者往前繼續走，不斷想。

★留白與選擇不一樣，並沒有提供選項讓讀者選甲或乙，而是有眾多可能。等於完全沒說「應該如何、結果如何」，使讀者回味無窮。

★留白是為了讓讀者從你的文章中，繼續深入或延伸的想。所以，要選擇什麼點，好讓讀者願意不斷想，便需要謹慎。也就是需考慮你留下的空白，會引發一般讀者興趣嗎？

★雖然本文重點在「第22條軍規」，但是先從生活中的規定開始講起，比較能引發「與我有關」的感受。如果一開始就寫小島上的不合理規定，因為遙遠，便有「關我什麼事」的陌生感。

★留白，不代表作者不能表達自己的態度，態度不是答案，但可讓讀者知道作者的意向。比如本文雖提出一個「想破頭也還是無限循環、永遠無解」的問題，但文末有約略說出如何面對。

- 寫篇有情節的故事，盡量製造「兩難」或是「選擇太多」的困境，文末不說解答，讓讀者猜測。
- 製造的困境必須合理，不能一望即知答案，例如，冰箱壞掉時，到商店要買冰棒還是餅乾回家？這道兩難題，便不是好的「留白」。
- 營造的困境，最好「宏觀」一點，也就是格局大一點、不是生活小困難，好讓讀者覺得花時間思考這件事，有價值。

【參考題目】：〈外星人回答地球人了〉、〈夢想實現之後〉、〈神醫怎麼辦〉。

★〈外星人回答地球人了〉：寫篇科幻故事，敘述科學家不斷對外星發出訊號，結果有一天，地球人真的收到回應了。接下來該怎麼做？

★〈夢想實現之後〉：寫出某位角色或自己的夢想，然後完成夢想，接下來呢？可延伸討論到「一直在換新夢想好？還是不要實現，保有美好想像好？還是其他？」

★〈神醫怎麼辦〉：醫生應該救人，但是如果來了一個已經殺害許多無辜百姓的惡人，滿身是傷、奄奄一息，該怎麼辦？或編造類似的兩難情境，但不明說結果，讓讀者猜想。

practice

Lesson 22

創新

〈三篇故事〉

這一課示範的重點是

「以一種罕見的新手法，

寫出富創意的文章。」

〈三篇故事〉

這篇故事其實有三篇，為什麼明明是三篇，卻集合成為一篇？因為每一篇的字數太少了，花一分鐘便可讀完，一分鐘便可想完。所以為了壯大這個故事，作者決定讓三篇成一篇。作者說：「我們必須同情弱勢，就算它只是篇故事。」

第一篇小故事：〈開始的問題〉

小果子跟媽媽去旅行，站在海邊，看遠方的風景。

媽媽閉上眼睛說：「好舒服，有一陣風吹過來。」

小果子也閉上眼睛說：「好舒服，有風。」然後，她睜開眼睛，問媽媽：「吹著你的風，跟吹著我的風，一樣不一樣？」

媽媽想了想，說：「我也不知道。」

「還有，你吹的風，是哪一陣風？一陣風，是從哪裡開始，哪裡結束？第二陣風在哪裡？」小果子又有問題。

媽媽想了想，回答：「我還是不知道。」

「多大的風，才叫一陣風？一陣風有多長、有多重？」

風聽見小果子的問題，連忙拿起一把尺來量，可是，要量哪裡？風又拿起磅秤，可是，要放在哪裡秤？

小果子笑著對風說：「別量了。我的問題不是你的問題。」她想了想，又對風說：「你可以給我一個『任何』答案，好讓我想起另一個答案。我相信，一個答案連著另一個答案，最後總能得到我想要的答案。」

於是，風給小果子一個答案：「我沒有答案。」

小果子和媽媽吹著風，是不是剛才的風呢？她也不知道。

第二篇小故事：〈一眼仙子〉

「我什麼都忘了。」

「那麼，你最想記住什麼？」

「我……」

一眼仙子看著眼前的老婆婆，老婆婆顯然連有什麼可以懷念的事，全都忘了。一眼仙子搖搖頭，往老婆婆的臉上吹一口氣，於是，老婆婆笑了。

「我想起來了！結婚那一天，我先生為我戴戒指時，一滴開心的眼淚從我臉上掉下來，滴在戒指上，發出無比亮光。那是我最想記住的時刻。」

老婆婆話才說完，一眼仙子便消失不見。他帶給老婆婆最幸福的一眼，但是代價是：他必須付出自己的一次幸福回憶。所以，每當一眼仙子送給人一次美麗回憶，他便忘記自己一件快樂往事。而他所能給予別人的，不多不少，也只有一眼。

為什麼一眼仙子會這樣呢？仙子不都是法力無邊嗎？起初，他是知道答案的。但是，隨著他一次又一次的往別人臉上吹一口氣，他便一點又一滴的忘記答案。

最後，一眼仙子連自己有「讓別人再看一眼幸福」的法術都忘了。他對著眼前無數看著他的人說：「我什麼都忘了。」

那些人說：「請問，有什麼必須記住的嗎？」

「我……，連這個也忘了。」

眼前的人們全都微笑點點頭：「你是多麼幸福啊。」

第三篇小故事：〈還沒想到〉

如題，作家真的還沒想到要寫什麼。這篇主要是為了湊出「三」這個大家喜愛的字眼。

2 讀與想

★第一篇與第二篇故事，乍看主題不同，但都包含了「問題、答案」，亦即兩篇都帶來思考。請列出作者在這兩篇故事中，提出什麼問句？

●〈開始的問題〉：吹著你的風，跟吹著我的風，一不一樣？

●〈一眼仙子〉：

★讀到第三篇〈還沒想到〉時，你有何感覺？被作者耍了、嚇一跳、還是苦思作者是否有何用意？

★想想世事是否如作者說的，「三」是個大家喜愛的字眼？能舉例嗎？

3 這篇短文，示範了什麼？

★前面二十一課，是寫作一篇文章的某種概念或技巧。本課指的則是整體、更前置心理準備的「寫作態度」。比如，反傳統、打破一般寫法等。誰規定寫作一定得遵循以前的做法。可以推陳出新，給讀者新的閱讀視野或感受。

★創新的範圍很廣，可以是全文結構、表現形式等，比如，全文皆用密碼來寫；或像法國作家雷蒙·格諾的《百兆首詩》，他將詩集中一行行詩句，切割為一條條紙（但有裝訂在一起），所以閱讀時，可自由組合排列。其他觀點上、語法、情節等的創新，也都是身為寫作者，重要的寫作態度。畢竟，寫得再四平八穩，卻是陳腔濫調，枯燥老套，讀者不會有興趣。

★本文的創新，除了表現在故事情節，例如第一篇故事對「單位量詞：一陣風」的新見解。也呈現在一般人對「三」這個數字的迷思，針對「什麼都要湊成三」，有一點反諷。又因為讀者原本期待〈三篇故事〉，應該會讀到完整的三則情節，豈料到第三篇，卻非原本的預測，讓讀者嚇一跳。此外，一開始作者本人先跳出來說明「為何三篇成一篇」，也算是一種「後設」寫法，作家本人跳入此故事，也成了故事的一部分。

★如何寫，才能有新鮮感，可以平時多做創意練習：

- 例如從尋常生活中找靈感；舉例：眼裡有時跑進沙子會掉淚，可寫成一篇〈眼裡的沙子〉，把小沙子擬人化，如何跑到人的眼中，引出一段感人情節。
- 從經典名著找靈感，也是不錯的練習。例如〈國王的新衣〉改成舊衣，〈老人與海〉改成〈老人與貓〉，〈虎姑婆〉改為〈老鼠的老婆是虎姑婆〉等。

4 請你也寫寫看

‧創新是一種態度，實際操作時，可先從簡單的做起。比如：練習以經典名著去發想，寫出創意的新情節。

‧若以經典名著當做靈感，寫的內容如果是顛覆原來情節，是比較容易的入門練習。不過，不一定要跟原有情節相關，也可以只取大家熟悉的題目，但寫的內容與原有故事毫無關係。

【參考題目】：〈沒有唐三藏的西遊記〉、〈小紅帽遇見小白帽〉。

★〈沒有唐三藏的西遊記〉可採用「顛覆原有情節」方式來寫；同樣是取經，但少了唐三藏，只有孫悟空、豬八戒與沙和尚，會發生什麼事？能成功取到經嗎？

★〈小紅帽遇見小白帽〉的創新寫法，可設定「小紅帽」不見得是個小女孩，而是一頂紅色帽子，敘述它與白色帽子相遇的故事。

practice

附錄一

讀寫小練習

附錄二

非虛擬作品的寫作練習

附錄三

讀寫概念的相關資料補充

附錄一

讀寫小練習

練習一——圈出來的詩

方法

從一篇短文（新聞報導、名家短文、宣傳廣告文等皆可），圈出關鍵字，組成一首詩。重點在練習找關鍵字與培養語感。

示範

1、閱讀短文，圈出關鍵詞

〈我與我的腳〉　**作者：王淑芬**

我看著我的腳，彎下腰來撫觸它粗糙的厚繭；我真愛我的腳啊，童年時，它曾結結實實陪我走過那麼多崎嶇小路，帶我看過無數難忘景觀。

一雙腳，能走多遠？答案是：從愚騃走到蛻變。我和我的腳，在童年裡跋涉過惡山惡水，也攀爬過最麗緻的花園。我的整部童年史，「行走」無疑的佔了許多篇幅。

出生成長的鄉野小鎮，落實不了父母「望女成鳳」的願望，因之，小小年紀──約莫是五歲吧，我便被送到遠離小鎮的一所舞蹈社，成了寄宿生，學習各類舞技，舉凡芭蕾舞、民族舞、現代舞，都是必修課程。

我的腳，被規定以奇怪扭曲的姿勢，懸掛在舞蹈室偌大鏡子前的木欄干上，我心疼的摸著它，感覺它小聲的喊著：「痛。」

下課了，我帶著寂寞的腳走出寂寞的練舞房，看陌生街道來往著陌生的車流。我走著走著，緩一緩剛才練舞肌肉的緊張痛楚。這一刻，我的腳是我最親密同志，甘苦與共。

2、將關鍵詞寫成一首詩

我的腳，粗糙景觀，
跋涉也攀爬。
扭曲，懸掛在
寂寞的練舞房；
親密同志，甘苦與共。

練習

請圈出下文的關鍵詞，讓它可以組成一首詩

一朵紫色的鳶尾花開了。她仰起頭，看著蔚藍的天空，那兒有成群的鳥兒自在的飛翔著。多想也上去親吻白雲哪！她想。

沒有翅膀，只能在夢裡飛翔。她努力的將花瓣往上翹起，遠望像隻有著最華麗羽尾的鳶鳥，靜靜的棲息著。

後來她被採摘下來，做成乾燥花胸針，成為一件送別的禮物。接受贈禮的女孩要到國外學跳舞。

在飛機裡，在白雲頂上，她和女孩各自做著自在飛舞的美夢。

練習二——童話創意發想

童話創作，第一要務必定是新鮮感。童話講究想像力，如何激發奇思妙想，是寫童話重要的前置準備。以下介紹幾種創意發想玩法。

方法1

日常物件利用法

將日常用品或大家熟知的物品，為它們想出新奇用途。

比如：有隻工蜂在他的工作室桌前貼滿了便利貼，一張寫著……一張寫著……。又如膠帶，可以黏貼什麼特別的東西？捕夢網，能捕到什麼夢？

方法2

日常事件利用法

將日常生活行為，比如買、賣、逛街、上班、看電影、吃東西等動作，加上新奇的結果或對象。

比如：買到一個神燈，但是神燈對自己不斷許願。又如：誠徵一個不會教書的老師、有一天不小心把爸爸賣出去了、寫作業時，發現永遠寫不完。

方法3

強迫結合法

將原本不相干的物件，硬是組裝成一個故事；因為強迫，必定不合常理，反而能產生奇異的新鮮感。

比如：吃桑葉的狗，結果吐絲結繭，最後破繭而出，長出翅膀。其他如：石頭＋燈泡、蘋果＋天鵝、筆＋火、字典＋橡皮擦等。

也可運用經典文學元素，融合為新故事，比如：《穿靴子的貓》＋《三隻小豬》、《阿拉丁神燈》＋《老人與海》等。

方法4

跳脫現實形容詞

在普通名詞之前，加上讓人意想不到的形容詞或動作、表情等。再依此想出「為什麼他會這樣」的情節。

比如：跳一下先生、吃一口小姐、全世界最矮的高老師、加一加媽媽、遠得要命司機。

方法5

結局推理法

先想好一個結局，再回過頭來設想它的過程，過程愈驚奇或愈荒謬愈好。

比如：為什麼我會打翻牛奶？是因為蘇爸爸跟蘇媽媽結婚。為什麼大象的鼻子會這麼長？是因為被鱷魚咬住拉長。

練習三——多樣風格小寫作

一九四七年，法國作家雷蒙·格諾（Raymond Queneau）出版《風格練習》。

他先寫了一段很短的敘述情節，接著以九十九種不同的風格重寫這段文章。包含下列方式：

1. 重點觀察筆記法
2. 否定法
3. 倒敘法
4. 第一人稱敘述法
5. 全知觀點敘述法
6. 精確量化法
7. 華麗詞藻法
8. 新詩體……等。

不同寫法呈現出不同的風格，會使原本相同情節產生截然不同效果。比如古詩句「鋤禾日當午，汗滴禾下土」，原是同情農人之苦，但若以不同風格來寫，甚至會有逗趣效果。

舉例，若以「驚歎體」來寫，可能會是：唉呀，大中午的，實在爆炸熱啊！這把鋤頭，搞得我肩膀快斷啦！連我的汗都是一大把一大把的掉入泥土中哩！

若以「否定法」來寫，會變成：不是早晨、也非黃昏，鋤頭不是拎著也沒有拖著，沒有放在頭上，也絕非綁在腰邊；汗流到哪裡呢，不是蒸發掉也並非被衣服吸乾。

練習

找一篇短文或短句，以三種不同風格來寫。例如詩人鄭愁予的詩〈錯誤〉，最知名的詩句是：「我達達的馬蹄是美麗的錯誤，我不是歸人，是個過客。」三種風格參考：

★**精確數字量化法**：我騎著一匹三百公斤的馬，開跑時，每五步就發出連續十五聲「達達」的音響……

★ **懸疑法：**

★ **否定法：**

練習四——多元角度

下列的小練習，目的在培養自己有寬廣與多元的視野。如此寫出來的文章，論點會比較完整與豐富。

方法1

找出書中某個說法，加以論述

例如：某本書上寫著：《夏綠蒂的網》作者EB懷特曾說：「寫作最好的方式是：重寫。」這句話的意思是什麼？你認同他的說法嗎？

又如：《記憶傳授人》中，主角因為五個要件被選上：聰明、正直、勇敢、智慧、超視界（不一樣的視覺）。想想，聰明與智慧有何不同？從生活中舉出實例：聰明是＿＿＿＿＿＿，智慧是＿＿＿＿＿＿。

方法2

追究

找名言的麻煩，另闢蹊徑，從別的角度來探討其他可能。

例如：你贊同「為達目的，不擇手段」嗎？想達到目的，是「要擇手段」還是「不擇手段」比較正確？

方法3

老寓言新見解

找一則古老的寓言，重新檢視它本來的寓意，是否有新的、完全不同的解釋？甚至可以完全推翻原有的寓意。

例如：〈酸葡萄心理〉原本寓意是：吃不到葡萄，就斷定它一定是酸的，根本不值得吃。所以是一種嫉妒心理、見不得別人好。但也可有新的見解，想成「得不到也沒關係，以此方式安慰自己，是健康有益的。」

練習

對《伊索寓言》中的〈北風與太陽〉、〈擠牛奶的女孩〉、〈狼來了〉提出新見解。

附錄二

非虛擬作品的寫作練習

1、什麼是「非虛擬作品」（non-fiction）？大約可分為幾大類：

★基本概念。比如：科學、心理學等的理論、各種法規等。

★事物原理。比如：機器人的構成原理、烘焙原理等。

★能啟發思維的。比如：哲學、書評、論文、教科書、新聞報導、自然觀察、旅遊見聞、名人信函、回憶錄等。

★動手作、動手實驗。比如：擬企畫案、做簡報、畫統計表、做出手工書、擬訂科學實驗步驟、實驗後的檢討與展望等。

★各領域發展史類。比如：人類文明史、生物分類史等。

★人物傳記類。比如：自傳或傳記、世界記錄等。

★介紹類。比如：各行業介紹、名人訪談、百科、年鑑等。

★方法、技能類。比如：手冊、說明等。

2、為何也須注重「非虛擬作品」的閱讀與寫作能力？

★以美國為例，美國一向大力推動閱讀，但多數教師偏重文學作品，結果發現學生到了高中，仍願閱讀的人，多數也只是讀《哈利波特》、《暮光之城》等，有嚴重的閱讀偏食。更別說因此也無法多元寫作，連一篇專題報告都寫不好。於是修改方針：開始強調非虛擬作品比重。並建議小學「非虛擬作品」與「虛擬作品」的閱讀量是5：5，中學是6：4。高中為7.5：2.5。

★必須避免孩子一直待在「閱讀舒適區」，尤其幼兒起便讀圖畫書，且一路只愛讀字少圖多的書，更需要調整。因為大腦閱讀圖象與閱讀文字，使用的模式不同；只讀圖象，大腦會懶得讀文字。

★想激發孩子閱讀和寫作「非虛擬作品」的幾種方法：

• 帶領讀書會，或故事志工說故事、師長選書共讀時，也須提供大量非虛擬作品類的選項，不論書籍、雜誌、報紙、小百科、名人傳記或是地圖集皆可。

- 連結現實：多與孩子討論正在閱讀的內容，是否與新聞事件之間的聯繫。或是相反的，故意選與時事相關的文本來讀、並練寫作。
- 引起寫作動機，設計新鮮有趣的「非虛擬作品」寫作活動，比如：給奶奶的信，選某個特殊日寫日記，為鄰居小孩擬定某個計畫等。

練習一——擬一份指南

以某項活動文題，為初次參與者寫份指南。也就是必須激發興趣、一目了然。最好加上簡易圖解。

例如：

〈第一次玩躲避球就上手〉

對我來說，躲避球是一種＿＿＿＿＿＿＿＿的運動，最大優點是＿＿＿＿＿＿＿＿。

給第一次玩躲避球的新手指導（包含圖解）：

1. 參加人數：
2. 畫出場地：
3. 玩法：
4. 規則：

練習二——設計說明書

以某樣生活物品為對象，設計清楚易懂的使用說明書，必須包含分解圖與文字說明。例如，「電動削鉛筆機」使用說明：

1. 畫出簡單的器物外形，加文字説明各個部位名稱與用途。
2. 如果內部也有重要零件，也必須畫出並加説明。
3. 使用步驟與注意事項、如何維修等。

練習三——做一份有圖有文的簡報

以「環保」或其他為主題，依自己興趣找一個專題，設計一份簡報。重點：

1. 想出有趣的專題名稱。
2. 必須有圖有文，使用的圖若引自它處，必須標明來源。
3. 簡報的順序要有邏輯，比如：舉一件實例→分析此事帶來的隱憂→目前的困境→你認為該如何解決。

練習四——交通說明

假設若有位住在芬蘭的筆友，打算來臺灣旅遊。請為他擬一份詳細的交通說明，如何從他家到達你家。例如：

1. 搭芬蘭航空公司從芬蘭赫爾辛基起飛到臺灣桃園國際機場。
2. ______
3. ______
4. ______

練習五——幫名人寫求職信

假設自己是某位名人的祕書，現在他失業了，必須幫他寫一份求職信。

參考步驟（以孫悟空為例）：

1.思考孫悟空適合哪些職業，鎖定一個行業。

2.想想這封求職信該寫給此行業的誰（董事長、部門經理等）。

3.擬一封信。重點在「貴公司」為何需要此位名人，此名人的專業能力，可以為貴公司貢獻什麼？

4.書信的禮節，除了使用的語氣要溫和，也包含適宜的稱謂與問候語、署名。

除此之外，也可設定其他的書信主題，比如寫信給電器公司，說明家裡的電器需要修理；或是寫信給校長，說明班級十分需要一個新的飲水器等。

練習六——做一份統計

以班上家長的職業（或其他）為題，設計統計資料，包含圖與文。

1. 如何畫這份統計圖，以便別人一看就懂？採用圓形圖、長條圖或其他？
2. 圖之外，也可加上分類表格，加強了解。
3. 以文字說明，為何需要製作此份統計？得到統計結果之後，你有何看法？

練習七——寫一份書評

閱讀一本書之後，為它寫一篇書評（針對某篇國語課文來寫也行）。書評不是讀書心得，不必寫出詳細情節或書的背景資料，重點放在分析。

1. 書的內文有符合書名（篇名、主題）嗎？
2. 作者採取的觀點是什麼？比如「賞鳥」的書，有些觀點放在「賞到許多美麗的鳥」（重點在生活情趣），有些則是「賞鳥必須尊重鳥」（重點在關懷自然生態）。要確認作者觀點，並評論你同不同意他的觀點？
3. 作者的意圖是什麼？你認為有成功説服你嗎？
4. 這本書在主題、內涵與技巧上，有沒有比其他同類的書，有獨到之處？
5. 這本書有沒有致命的缺點？比如邏輯上或觀念上？
6. 總結你的評論；你願意向其他人推薦它嗎，適合哪些人閱讀？

練習八——家人訪談

找一位成年的家人，若是遠方親戚，可以筆談。就下列問題提問（也可另訂題目）。

〈時光小劇場〉訪談表

訪問家人	自問自答	比較之後的小結論
請選擇您十至十二歲之間，在非假日的某一天，一整日的活動大概是什麼？	非假日的某一天，我一整日的活動大概是什麼？	
您童年時最大的願望是什麼？	我現在最大的願望是什麼？	
您的父母對你的管教態度：	我父母的管教態度：	
您目前的生活，與童年預測、想像的一不一樣？	我預測、想像我的將來：	

完成訪談表之後，試著以受訪者的資料，為他寫一篇簡短的〈人生小心得〉。

練習九——假新聞正確讀

找到某個「提供許多資料」的網站，找一篇文章，例如〈多吃這十種食物，保證腸胃健康〉、〈三大妙招讓爸媽給你零用錢〉等。閱讀之後，加以分析。

1. 作者是誰？他是此類議題的專家嗎？
2. 文章有提供可靠的證據，支持此文說法嗎？
3. 文中有沒有明顯的錯誤？不論是資料或邏輯上的。
4. 你認為應該如何判定此篇文章中的資料可不可靠？
5. 此文的發表目的為何？你有被說服嗎？

6. 這個網站張貼的其他文章，都與本篇類似嗎？
7. 評定一下這個網站的設立目的是什麼？
8. 以後你面對各種媒體（尤其是網路），會先質疑、加以理性分析，以判斷它的可信度嗎？
9. 你對「假新聞」的定義是什麼？

練習十——擬一份抗議書

針對一則你認為不合理的規定，國家政策、社區規定、學校校規、班級公約或是父母的規定皆可，寫份抗議書或陳情書。

1. 列出此條規定，寫明它的制定年限與內容。
2. 列出自己認為此規定不合理處。

3. 說明自己認為此條規定應該廢除、還是加以修改調整後，可繼續實施？

4. 預測你的抗議書是否會被接納？

5. 完成後，可全班交換，互相檢視：在這份抗議書中，擬定者是否超然公正，還是純粹只為了滿足個人？

其他練習參考

★〈擬一份「XX專賣店」的企畫書〉（可搭配閱讀《一句話專賣店》王淑芬著）

內容可包含：（1）商品目錄（2）經營理念（3）行銷策略（4）可能遇到的困難（5）解決方法

★設計線上遊戲的開啟畫面說明

訂此遊戲的名稱，再寫說明。

【舉例】：〈打怪樂園〉

1. 這是一個「走得進來、未必走得出去的奇妙樂園。進入遊戲後，玩家必須先根據指示，找到七件法寶，再依據各項法寶的功能，一一消滅樂園中的妖怪。
2. 樂園中共有一百個妖怪，每消滅掉七個，便能獲得第二關的八件法寶，繼續消滅妖怪。任務會愈來愈難。
3. 如果能到達最後一關，面對第一百個妖怪，就是贏家。贏家可以自創第一百號妖怪，以自己的名稱命名，用來考驗別的玩家。

★偶像歌手（運動員）的行銷宣傳

設定一位偶像，為他取個吸引人且獨具風格的外號，再寫出一段他的宣傳。包含：具何種特別能力、準備朝哪個方向發展等。

附錄三

讀寫概念的相關資料補充

對我來說，閱讀與寫作，是為了無邊的自由、驚奇的冒險、終極的平靜。閱讀與寫作，本該攜手同行，不一定先成了閱讀專家，然後才開始寫。當大人對孩子說完故事，孩子以自己的話重述一遍時，他就是在寫作了。閱讀與寫作二者動用的大腦智能，在某些方面是一樣的。

閱讀的過程是：

- 解碼（code）：以舊經驗解讀文本。
- 譯碼：從文本中確認作家真意。
- 編碼：與作者對話、辯論、形成自己看法並延伸其他想法。

寫作的過程是：

- 構思：發想主題、確認目標讀者、搜集材料。
- 演繹：找出最適合的形式（技巧）表達、編輯組織。
- 修改：文詞潤飾、是否調整原訂主題或方向？

讀、寫看似不同，但某些特點是雷同的：

- 使用的認知策略相同：

統整題材、運用（駕馭）文字、提出問題、調整修改。

- 二者的發展過程類似：

活用舊經驗→確認目標（主題）→形成自己的新意。

- 使用相同技能：

確知文字意義、懂得修辭文法、理解與運用文學技巧。

《導引思想》[1]（暫譯，原書名：Engaging Ideas）中，主張閱讀時要有「批判性思考」，寫作時採「查詢式策略」。

閱讀的「批判性思考」（Critical thinking）指的是：

- 確認作者觀點為何？確認作者結論為何？
- 找出作者如何呈現其想法（舉實例還是反例？例子夠充分嗎？有說服力嗎？）

- 評論作者「評估訊息」的正確度（作者的假設有沒有問題？作者運用的資訊正確嗎？）等。
- 對作者的觀點提出「有道理的評論」（你同意嗎？不同意與同意處為何？）

寫作的查詢策略（inquiry strategies）指的是：

- 收集並比較不同材料，歸納出相同與相異處。
- 搜集並評估可用的證據。
- 提出有效證據，以解釋這些證據是用來支持文章的觀點／主張。
- 針對一個情境，試著從不同角度去思考。

針對上述「批判性思考＋寫作查詢策略[2]」，書中提出幾種實用教學方法：

- 出作文題時，引導學生能連結到課堂上學到的知識，或自身生活經驗。如：〈我的學校〉，寫之前，確認你想讓讀者知道關於學校的什麼？你的目標讀者對這些有興趣嗎？

- 能夠將課堂上學到的新知、讀完的一本書、看過的一部電影……，用自己的話，講給別人聽。如果寫不出來，代表你根本就不知道自己真正的想法。
- 從各科課文中（或時事議題、共讀書本），試著找出有爭議的論點，研讀之後，讓全班分正反兩方，展開辯論。

例如：小說《我們叫它粉靈豆》中，你明知道「筆就是筆，它不叫作粉靈豆」，但你仍要跟別人一起指鹿為馬嗎？

或是：日本有本書，名為《你所煩惱的事，有九成都不會發生》，你贊同這個論點嗎？理由是什麼？

另一則國際新聞事件的思考是：若是在全球最窮的國家，往往鄉間醫院只有一位醫生。醫院平均每天會送進來三個重病孩子。因為資源與人手不足，這位醫生得花上一整天的時間，來試圖救治這個孩子。但是，如果讓這位醫生，每天花「一天」到村子裡訓練基本護理人員，讓他們有能力醫治腹瀉、瘧疾這種頭號殺手；可讓98%未能抵達醫院的垂死孩子，得到基本照顧。兩種情況下，你支持這位醫生，選擇前者還是後者？

- 以「開放性問句」做為文章開頭，讓學生陳述自己的意見，且必須有細節的證據，然後根據證據，提出明確的結論。例如：〈我們應該發展AI嗎？〉、〈我們應該尋找外星生命嗎？〉。

1 約翰．賓恩（John C. Bean）：*Engaging Ideas: The Professor's Guide to Integrating Writing, Critical Thinking, and Active Learning in the Classroom*，暫譯《導引思想》。Jossey-Bass Publisher，一九九六年美國初版。

2 關於「批判性思考＋寫作查詢策略」，更詳細資料請參閱：
曾多聞：《美國讀寫教育改革教我們的六件事 找回被忽略的R》。字畝文化，二〇一八年出版。
曾多聞：《美國讀寫教育：六個學習現場，六場震撼》。字畝文化，二〇二〇年出版。

國家圖書館出版品預行編目（CIP）資料

王淑芬的讀寫課：寫出全文才有用！/ 王淑芬著；
Bianco Tsai 繪. -- 初版. -- 新北市：遠足文化事業股
份有限公司字畝文化出版：遠足文化事業股份有限
公司發行, 2021.01
面； 公分
ISBN 978-986-5505-49-3(平裝)
1. 漢語教學 2. 閱讀指導 3. 寫作法
802.03 109018445

Learning 019

寫出全文才有用！王淑芬的讀寫課

作　　者｜王淑芬
社　　長｜馮季眉
編輯總監｜周惠玲
編　　輯｜戴鈺娟、李晨豪、徐子茹
美術與封面設計｜ Bianco Tsai
內頁排版｜張簡至真

出版｜字畝文化
發行｜遠足文化事業股份有限公司
地址：231 新北市新店區民權路 108-2 號 9 樓
電話：(02) 2218-1417　傳真：(02) 8667-1065
電子信箱：service@bookrep.com.tw
網址：www.bookrep.com.tw
郵撥帳號：19504465 遠足文化事業股份有限公司
客服專線：0800-221-029

讀書共和國出版集團
社長｜郭重興
發行人兼出版總監｜曾大福
印務經理｜黃禮賢
印務主任｜李孟儒

法律顧問｜華洋法律事務所　蘇文生律師
印製｜凱林彩印股份有限公司

2021年01月　初版一刷　定價：360元
ISBN 978-986-5505-49-3　書號：XBLN0019